ベリーズ文庫

クールな社長は懐妊妻への過保護な愛を貫きたい

晴日青

STARTS
スターツ出版株式会社

目次

クールな社長は懐妊妻への過保護な愛を貫きたい

特別書き下ろし番外編

クールな社長は懐妊妻への
過保護な愛を貫きたい

プロローグ

——この出会いは奇跡だと思った。

だから俺は会って二時間も経っていない女性と、キングサイズのベッドの上で見つめ合っているのだろう。

小ぎれいな廊下を通ったときにも聞こえたのと同じ音楽が、部屋の中にも流れていた。曲名は知らないが、おそらくクラシックだ。名前しか知らない相手とベッドの上にいなければ、軽やかなピアノの音色に耳を澄ませていたかもしれない。

飛び込むようにして選んだホテルではあったが、いわゆる〝それだけ〟が目的となるような場所ではないようだ。いかがわしさはこれっぽっちもなく、廊下と同じく部屋の内装もかなりきれいである。

とはいえ——今回の目的は言ってしまえば〝それ〟だ。

この出会いを一度きりのもので済ませたくなかった。

あと少しだけ側にいたい。普段なら理性が止めてくれたであろう衝動を抑えることができず、朝まで一緒にいたいと願ってしまった。

失敗ではないだろうか。あやまちではないだろうか。この選択は間違っていない。けれど、この瞬間は間違っているかもしれない。

いろいろな考えが頭をよぎり、やけに大きく聞こえる鼓動が俺を惑わせようと騒ぎ立てる。

余計なことに意識を向けるのはやめようと思ったのはどちらが先だったのか。わからないまま、どちらからともなく唇を重ねる。

そうしてみると、あまりにもしっくりきてしまった。

部屋へ連れ込んだ状態で尋ねるのは遅いかもしれないと思いながら、尋ねてみる。

「本当にいいのか？」

「……はい」

答えはためらいがちに返された。

やわらかな音がしたと気づいたときにはもう、シーツの上になだれ込んでいる。先ほどはもっとためらいがちだったキスが回数を増し、触れるだけだったそれが次第に深くなっていく。

「……っ」

小さく漏れ出た声が衣擦れにまぎれた。

目と目が合い、夢中になって口づけるうちに気づけばふたりとも肩で息をしていた。たしかな熱をはらんだ彼女の瞳にとらわれたせいで、きっと酔っているのだろう。一緒に飲んだアルコールが原因だとは思わない。

世界にたったふたりだけになったようなこの時間。呼吸の気配すら意識してしまうようなこの空気。そして今まで知らなかった感情を引き出そうとするキス。アルコール以外に俺を酔わせる原因が多すぎる。

ともに夜を過ごしたいと感じたときと同じ衝動が胸に込み上げ、再び受け入れてもらおうとした。

シーツの上で指を絡めて手を握る。たったそれだけの触れ合いですら、どうしようもなく体の芯が熱くなった。

足りない――という思いを今は隠さない。だからまた彼女に尋ねる。

「脱がしても?」

「……お願い、します」

ベッドの上でのやり取りに慣れていない答えだと、震える声が響いてから気づいた。体をこわばらせているのが演技なのかそうでないのかはわからない。ただ、優しくしてやりたかった。

胸もとのボタンに指をかけてひとつはずすと、彼女もまたためらいがちに俺のシャツへと手を伸ばしてきた。たったそれだけの仕草がどうしようもなく興奮を煽る。もうすぐ、もっと深い場所まで触れられる。その瞬間を強く願いながらも、まだ頭の隅には冷静な自分が残っていた。

〝運命を感じた夜〟なんて言えば聞こえはいい。けれど〝一夜のあやまち〟と呼ぶことだってできる。

この関係を進めたくないなら、ここでやめておくべきだろう。〝運命〟を捨てればあやまちも起きず、またいつも通りの明日を迎えられるのだ。いつか思い出したときに、そういえば心惹かれる相手がいたなと懐かしむだけで済む。

ほんの一瞬悩んだものの、彼女に見つめられていると気づき、理性と別れを告げた。彼女の瞳には少しの不安と期待の色があった。そこに映る俺も同じ目で見つめているのだろうと直感する。

この先へ進んだ後悔よりもやめたときの後悔の方が大きくなると判断し、もう一度唇を重ねた。

これまで、出会ったばかりの女性とひと晩をともにするような経験はない。むしろそういった行為をよく思っていなかったぐらいなのに、今はたったひと晩でも同じ時間を共有したいという人々の気持ちが理解できる。

なにをするよりも、彼女に触れたい。自身のぬくもりを刻みつけて、不安そうな顔を甘くとろけさせてしまいたい。

同じくらい彼女に触れられたい。小さな手はどんなふうにすがってくるのか、そんなことばかりが頭に浮かぶ。

熱い吐息が落ちて、また視線が絡み合った。

明日同じ時間を過ごせなくても、彼女は今、この腕の中にいる。それを実感したくて名前を呼んだ。

「雪乃(ゆきの)さん」

彼女は少し目を丸くして、困ったようにはにかんだ。

「はい。ええと……なにかおかしかったですか？」

「え？」

予想していなかった言葉に問い返してしまった。視線をさまよわせた彼女がさらに続ける。

「なにか変だから呼ばれたのかと思ったんです。私、こういうのは慣れていなくて……。ごめんなさい、もう二十七歳になるのに」

本当に恥だと思っているらしく、申し訳なさそうにしている。眉もしゅんと下がってしまっていた。素直にかわいいと感じて、安心させるように頭をなでてみる。

「恥ずかしがるようなことじゃないだろ。俺だって三十二歳にもなって、高校生かってぐらい緊張してるんだから」

できる限り優しく話しかけながら、俺は初めて聞いた彼女の年齢に微かな驚きを覚えていた。同年代だと思っていたわけではないが、まさか五歳も離れているとは思わない。せめてひとつかふたつ程度だと予想していた。

茶化すように本心を伝えたからか、彼女の頬がふっと緩む。

「もし、おかしかったら言ってくださいね」

「おかしくないから大丈夫だ」

先ほどと同じく、思ったままを伝える。困り顔をしていた彼女がきょとんと不思議そうに目をまたたかせた。

「じゃあ、どうして名前を呼んだんですか?」

やり方を間違えたのではないのかと続けて尋ねた彼女に向かって、首を横に振る。

「呼びたくなったから呼んだんだよ」

答えてから、自覚していなかった欲求に気づく。

「それと、俺も呼んでもらいたいなと思って」

彼女のやわらかな声で呼ばれるのをと想像しただけで、自然と口角が上がっていた。俺のそんな顔を見たからなのか、彼女もまた目もとを緩めて笑む。

「私の名前もたくさん呼んでくれますか？」

「いいよ」

言われなくても呼ぶつもりだった。願ってもない反応をうれしく思う。

しばらく沈黙が下りた。彼女がなにか言おうとしては口を閉ざし、また開く。照れているのだろうか。顔が赤い。おもしろく思って急かさずに待っていると、彼女は何度か繰り返したのちに、ようやく小さくつぶやいた。

「夏久さん」

甘くやわらかな響きは、想像していた以上に俺の胸を突いた。自分の名前が初めて特別なものに変わったように感じられて、返答する余裕をなくす。

再び込み上げた衝動のままに唇を重ね、彼女をきつく抱きしめた。そうすれば触れていたい気持ちを満たせるような気がして、ついキスも深くなる。

絡む吐息の合間に、また彼女が名前を呼んでくれた。愛おしいという気持ちはこんなふうに芽生えるのだと知り、たまらなくなる。

　彼女も同じ想いでいてくれているのだろうかと、キスを中断させて顔を覗き込んでみた。赤くなっている顔を見られるのが嫌なのか、俺の胸に顔をうずめてくる。

　くすぐったさをこらえていると、胸もとでくすくすと笑い声が聞こえた。

「夏久さんって、幸せな匂いがしますね」

「幸せな匂い？」

「はい、幸せな匂いです」

　どんな匂いなんだという疑問は、彼女の花がほころぶような笑みのせいで彼方に飛んでいく。そんなふうに笑ってくれるなら、どんな匂いだろうとかまわない。

　笑顔に見とれて反応できなかった俺を見ると、彼女は申し訳なさそうな顔をした。

「あっ、一応褒め言葉です。変な意味じゃなくて」

「だったら喜んでおく。雪乃さんは匂いフェチなのか？」

　気になって質問してみると、彼女は少し考えてから首をかしげた。

「どうでしょう？　こんなふうに思ったのは夏久さんだけなので」

　思わずごくりと息をのんでいた。平然と言ったのを見る限り、今の言葉がどんなに特別なものかわかっていないようだ。

　ドキリとしたのと同時に、ほかの誰かにも言った経験があるのだろうかと余計な考えが頭をよぎる。　胸を走り抜けたチリッという痛みは、俗にいう嫉妬というものかもしれない。

軽く頭を振り、嫉妬心を脇へ追いやる。そして彼女に今の発言が俺をどんな気持ちにさせたのか、伝えた。

「そういうのを殺し文句って言うんだ。知ってたか?」

彼女の目がゆっくり丸くなる。そんな顔ですらかわいらしい。

「殺し文句だったんですか?」

「俺にとってはな」

すでに見開かれていた目が、限界まで大きくなる。やはり特別な言葉をこぼした自覚はなかったようだ。見る見るうちに赤くなった頬を指でくすぐって、色づいた箇所に口づける。

たぶん、そんなささやかなやり取りが、またぐっとふたりの距離を縮めてくれたのだと思う。先ほどよりも彼女との間に流れる空気が和らいだ。

「雪乃さん」

彼女に対して込み上げる感情をどう言葉にしていいかわからず、名前を呼んでみる。

彼女も照れたように笑って、またささやいた。

「夏久さん」

呼んで、呼ばれて、体だけでなく心も重ねていく。

誰かを好きになるというのはこういうことなのだろうか。この気持ちに名前をつけるなら、愛という言葉が最もふさわしいように思えた。

だから想いを込めて再度口づけを落とす。この時間はひと晩限りの衝動によるものではなく、たしかな愛を感じてのものだと伝えるように。

もう言葉は必要なさそうだった。彼女の心ごとほぐすように優しく愛して、静かな夜に溺れる。

本当に、とても幸せなひと時だった。

夜遊びと初恋

東雪乃（あずま）、二十七歳。

私は自覚ありの箱入り娘で、その年齢にしては世間知らずな方だと思っている。

なぜそうなのかと言えば、母が早くに亡くなったというのが一番大きい。男手ひとつで私を育てた父は、私を〝危険なもの〟から徹底的に守ろうとしてきた。

遊びに行くときの門限は夜の十時まで。男の子とふたりきりで遊ぶのは禁止。繁華街に行くなら一時間ごとに連絡を入れること。これが父の決めたルールだった。

厳しすぎると思いながらも心配性の父を思うと無視できず、私もルールに逆らわない生活を続けてきた。それを揶揄する友人との付き合い方を考え直すこともあったけれど、父を悲しませずに済むならばかまわないと、自分を貫いてきた。

こうして無菌培養で育てられてきた私は、なんと二十七歳になっても実家暮らし。

でも、それも今日で終わりだ。

渋りに渋った父を説得し、私はついにひとり暮らしを決めた。

新しい住居として選んだ家は、建てられてからまだ五年以内のワンルームマンションだ。新居の匂いが残っていて、私の胸を躍らせる。

ようやく手に入れた自由に喜びながら、部屋の中心に立ってみた。広くはない室内をぐるりと見回し、まだまだ必要最低限のものしか揃っていないなと嘆息する。

ベッドに本棚、小型の冷蔵庫と折り畳み式のテーブル。それから、とりあえず服を詰め込んである段ボール箱が三箱。いかにも引っ越ししたてという殺風景な家には、しばらく人を呼ぶ気になれない。もう少し生活感が出たら、念願のひとり暮らしを祝ってくれた友人たちを招待すると決めている。

改めて見てみると本当に小さな部屋だった。実家に比べれば住み心地は悪いし、今までのように話したいときにすぐ父と話せるわけでもない。でもここは、私が初めて手に入れた夢のお城だ。

ベッドの前へと移動し、玄関の方を向く。思いきり伸びをしてみると不思議な解放感があった。狭いにもかかわらずそう感じるのは、これまでの生活を窮屈に思っていたせいかもしれない。

視線を少し下げると、テーブルの上の鏡に映った私自身と目が合った。屈んで鏡を手に取り、自分の顔をまじまじと観察してみる。

父に似た目は、たれ目なくせにぱっちりと大きい。だからか、墨を塗ったような瞳の色もわかりやすい。同じく真っ黒な髪は、かつて髪色が茶色に近いばかりに染めなければならなかった友人から「うらやましいと」と言われた。たしかに学生時代、生徒指導で注意されたことは一度もない。逆にそんな色に憧れて、今は明るめの茶色に染めている。

鎖骨くらいまで伸ばした髪に指を絡めると、スッと流れていく。ほとんど引っかからないこのストレートには、私も常々ありがたさを感じていた。急ぎの朝でもブラシが引っかからず、雨の日にも跳ねない。父が言うには、母の髪も驚くほどまっすぐだったとのことだから、きっと遺伝なのだろう。

母を思い出そうとすると、いつも着物姿が頭に浮かぶ。普段から着物を着るような人ではなかったけれど、私が一番きれいだと思った姿がそれだったからかもしれない。

鏡に映る私は額縁の中で微笑む母と似ているようで似ていない。

母はいかにもな和服美人で、凛とした顔立ちの人だ。ぽってりとした唇のせいか、上品な雰囲気を醸し出しながらも、ドキッとするような色っぽさがある。

一方、私は突出したところのない平凡な顔立ちで、全体的に丸っこい。意識しなくても口角が上がるせいで、いつも笑っているように見える。それなのにかわいげを感じないのは、パーツひとつひとつがまとまりすぎて、すっきりした印象を与えるからだろう。自分でアンバランスだと気にしているその顔を、友人はタヌキのようでかわいいと言ってくれたけれど。

鏡の中の自分を触ってみる。指先の冷たい感触が現実を教えてくれるようだった。これは〝つまらない顔〟だと思う。二十七歳にもなって恋人がいた経験もなく、学生時代にみんなが経験したであろうことさえ知らない顔。

「反抗期もなかったね」

声に出して言ってみたのは、たったひとりの沈黙が気まずかったからだ。いつもなら話しかければ答えてくれる父も、ここにはいない。望んで得た自由にはこんな寂しさもつきまとうのかと、切なくなった。

「これが同棲だったら違ったのかな」

そんな相手もいないのに、つい、言葉がこぼれ出る。

恋人を作らずにいたのも、私を大切に思う父を優先した結果だ。

でもそれは昨日までの話で、今日からは違う。

記念すべきひとり暮らし一日目。父ではなく自分を優先する特別な日々の始まりだ。

この日を楽しみにしてきた私には、したいことがあった。

テーブルに鏡を置いて、パチンと自分の頬を軽く叩く。そしてベッド脇に置いたバッグを手に取り、わくわくした気持ちを胸に玄関のドアを開けた。

「いってきます！」

これから私は生まれて初めて〝夜遊び〟をするのだ。


やって来たのは、前から気になっていたバーだった。

バーはひとり暮らしの家から二駅離れている。気軽に出かけられる距離でありながら近すぎない、ちょうどいい距離感だ。お酒を飲んだ後に帰りやすそうだというのもポイントが高い。

公式ホームページは非常に簡素なつくりで、店内と、提供しているオリジナルカクテルの写真が数枚掲載されている程度。店の説明自体もほとんどなく、グルメサイトやメディアへの露出もないためにちょっぴり謎めいている。

〝夜遊び〟をするならぴったりじゃないかと、そんなほとんど情報もないホームページを今日まで何度も見てきた。

だからこそ行ってみたいと思っていたけれど、いざ入るとなると緊張する。

高いビルの間に挟まれた建物には、周りの自動ドアに比べれば異質な、木製で重厚なつくりをしたダークグリーンの扉があった。本当に入ってもいいのかが非常にわかりづらいため、しばらく店の前に立ち尽くす羽目になった。

しばらく人けのない夜道で悩み、やがて勇気を振り絞って鉄製のドアノブに手をかけた。グッと勢いをつけてドアを開き、店の中へ足を踏み入れる。

店内はあまり広くなかった。カウンター席が五つと、テーブル席が三つ。そのテーブル席はどれもふたり用だった。一杯二杯だけを気軽に頼む客も多いのだろう。椅子のないスタンディング席も三席用意されている。

スタッフは店のオーナーらしき男性のバーテンダーと女性店員のふたりで、どちらも父より少し若いか、同年代くらいに見える。渋い雰囲気の男性とは違い、女性ははつらつとしていた。客の間をくるくると動き回り、グラスやおつまみを運んでいる。

客の数は見える範囲だけで五人。テーブル席にひと組、スタンディング席にふたり。そしてカウンター席にひとり。

それを見てほっとした。ひとり客がいるおかげで、ハードルがずいぶん下がる。

もう少しだけ勇気を出して踏み込むと、橙(だいだい)色のライトが私を照らした。突然まぶしさを感じ、驚いて首を引っ込める。

店員はふたりとも私に気づいているようだったけれど、とくに声をかけてこない。レストランのように案内があるわけではないのかと気づき、恥ずかしさを隠すようにして、そそくさとカウンターの端に腰を下ろした。

店内に流れる軽快なジャズが、私の心からちょっとだけ緊張を取り払ってくれる。

すうっと呼吸をして心を落ち着かせた後、ちょうど通りがかった女性店員に声をかけた。

「すみません、メニューをいただけますか？」

「おっと、失礼しました。どうぞ！」

女性店員はすぐにメニューを持ってきてくれる。差し出されたそれを開いてみると、横文字がたくさん並んでいた。

仕事の付き合いでそれなりにお酒を飲む機会はあったけれど、その席でも見たことがない名前のカクテルが多い。

カシスソーダやスクリュードライバーくらいなら、私だってどんなものかわかる。でも、スティンガーやマンハッタン、ニコラシカにスカイ・ダイビングと並べられるともうわからない。

メニューとにらめっこしても、カクテルの名前以上の情報を得られず、意を決して店員に尋ねようとした。口を開きかけて、ギリギリ声を出す前に閉じる。

ふたりとも接客中だった。女性店員の方は若い男性客と笑い合っており、声をかけづらい雰囲気が漂っている。下手に邪魔をするのも気が引けて、仕方なく名前だけで口に合いそうなカクテルを判断することにした。

自分がお酒に弱いと思ったことはないけれど、アルコール度数の高いカクテルは避けるべきだろう。父もよく「女ひとりで酔いつぶれるまで飲むな」と言っていた。転んで怪我をするぐらいならいい。でも万が一心まで傷つくような出来事に巻き込まれたら、母に合わせる顔がないから……と。

眉間にしわを寄せながら、再びメニューに視線を落とす。

カクテル以外のお酒も豊富に揃っていた。なんとなくなじみがあるのは父がたしなんでいたウイスキーで、これならばいくつかの銘柄にも見覚えがある。今夜はカクテルで乾杯をしようと心に決めていなければ、選択肢に入れていたかもしれない。

数ページもあるメニューを見て、ふと気になる名前を見つける。

ロングアイランドアイスティーと書かれたそれは、ほかのメニューに比べて味の想像がしやすい。アイスティーとあるのだから紅茶の味に違いない。これでまったくの別物が出てきたら詐欺だ。

期待と不安を抱きつつ、接客を終えたバーテンダーに顔を向ける。

「ロングアイランドアイスティーをください」

「かしこまりました」

渋いバーテンダーが深みのあるいい声で応えてくれる。無事に注文できたという喜びが緊張を上回り、わくわくした気持ちでバーテンダーの手もとをじっと見つめた。

彼はカウンターの裏側から様々な瓶を取り出し、手際よくカップで分量を量っては、氷の入ったグラスに注いでいった。学生の頃に行った理科の実験を思い出し、私の中のわくわくが大きくなる。

だけど、お酒ばかりで紅茶を入れる気配がない。見落としただけですでに入れたのか、それともこれから入れるのかと熱心に見ていると、不意に話しかけられる。

「今日はおひとりですか?」

どぎまぎしながら、店員と一対一でするやり取りも夜遊びらしいと、胸を高鳴らせてうなずいた。

「そうなんです。今日からひとり暮らしすることになりまして」

「ほう、それはそれは」

絶妙なタイミングで、すっとカクテルを差し出される。

「ありがとうございます」

心の中で自分に乾杯しながら細長いグラスに口をつけると、ふわっと紅茶の香りがした。

その香りと、意外に強いアルコール感が、疑問に包まれていた私を積極的にさせる。

「あの、いつ紅茶を入れたんですか？」

聞いてから気恥ずかしくなった私に、バーテンダーは優しく答えてくれる。

「ああ、これは紅茶を使わないカクテルなんですよ。見た目や味を紅茶に近づけただけの、ちょっとおもしろいカクテルなんです」

なるほどと感動はしたけれど、もしかしたら初歩的な質問だったかもしれない。

バーに来るような人ならばあたり前のように知っている可能性もあると考えて、うかつな質問に気恥ずかしさを覚えた。

たしかに私は二十七歳にもなってやっとひとり暮らしをするような女だし、世間知らずを自覚している。だけど、人に「なにも知らないんだ」とあきれられるのは嫌だ。

カクテルの話を振れば無知が露呈しかねないため、たわいのない話題を振る。そのうち、自然と話題は私自身のことになっていた。

「私、父子家庭でずっと厳しくしつけられてきたんです。だからひとり暮らしに憧れていて……。一日目は絶対に夜遊びをしようって決めてました」

「夜遊びですか？」

「はい。気になったバーでカクテルを飲むんです」

うなずいて、ロングアイランドアイスティーを口に含む。相変わらず紅茶が入っていないとは思えないほど紅茶の香りが強い。

「それで、終電ギリギリに帰ります。そこまでやったら、これから自分で決めることに勇気を出せる気がして」

ちびちび飲みながら話していると、あっという間にグラスが空いてしまう。

「変なことを言ってるって自分でもわかってるんですけど」

「夜遊びとおっしゃるので、てっきり繁華街にでも出るのかと思いましたよ」

そう言われてハッとした。

「たしかにその方が夜遊びっぽかったですね」

これでは夜遊び初心者にすらなれないと、がっくり肩を落とす。

もう少し慣れたふうを装いたかったのに、これでは慣れていないのがバレバレだ。それを言ったら、そもそも夜遊びが初めてだという話をするべきではなかったけれど。

バーテンダーは私を子どもを見るような目で見て、微笑んでいた。それが恥ずかしくて、頬が熱くなる。

彼はそんな私をバカにせず、その後も話に付き合ってくれた。

何度目かのロングアイランドアイスティーを頼み、ほうっと息を吐く。

「いいですね、バーでカクテルを飲むって」

「そう言っていただけると、私もうれしいですよ」

初めて来た場所だというのに、ゆっくり話を聞いてもらったからか気が緩む。ひとり暮らし一日目でもう人恋しさを感じていたのもあり、もう少し踏み込んだ話を聞いてほしくなった。

「ちょっといろいろあって……でも、どこでそういうのを発散させればいいのかわからなかったんです」

「よろしければ、お聞きしますよ」

カクテルのお代わりと一緒に、なぜか小さなガラスの器に入ったチョコレートを差し出される。

頼んだ覚えのないものにぽかんとしていると、「サービスです」と言われた。

普段、レストランやカフェでこんなサービスは受けない。小さな特別感が私の胸を満たして、バーに来ているという実感が湧く。ありがたく感謝を伝えてチョコレートをつまむと、ほろ苦い味が口に広がった。

ほっと肩の力が抜け、気づけば、今まで友人にも言えなかった胸の内をぽつぽつと話していた。

「さっき、父子家庭で厳しくしつけられてきたって言いましたよね。父のことは大好きだし、育ててくれた感謝もあるんですが、やっぱり息苦しくて。どうして私だけみんなみたいに、カラオケでオールをしちゃいけないんだろう……とか」

バーテンダーが手もとでグラスを拭きながらうなずいてくれる。余計なことを言わず、穏やかな表情で話を聞いてくれるのがありがたかった。

「大学院も本当は興味なかったんです。でも、父が『勉強が自分を裏切ることはないから』って学ばせてくれて」

経済学はおもしろかったけれど、大学院で研究するほどのめり込んでいるわけではなかった。進学の際に遅くまで父と話し合ったのを思い出し、懐かしくなる。

「昔かたぎな人なんですけど、嫁に行かせるよりは学ばせたかったみたいです」

たぶん父は、自分がいなくなった後のことも考えて勉強するよう言ったのだろう。私がたったひとり残されても社会で生きていけるように。

それなら、門限を含めた厳しいルールも取り払ってくれればよかった。おかげで私は勉強以外になにもない女になってしまった。

だけど、どちらも父の愛情だとわかっているから責められない。

「いいお父様ですね」

その言葉が私の声をほんの数秒奪った。胸がいっぱいになって泣きそうになる。

酔った女が泣き始めたとは思われたくなくて、ごまかすようにチョコレートを口に入れた。ゆっくり舌の上で溶かしてからカクテルを流し込むと、より複雑な味わいに変わり、私の気持ちを落ち着かせてくれる。

「本当にいい父なんです。だから、心配させたくなくて」

いつの間にか店内の音楽も明るいジャズから、しっとりしたものになっていた。

「大丈夫だよって安心してもらうために、まず三年間会社勤めをしようと思ったんです。それでやっとひとり暮らしのお願いをしたんですが……」

言葉が詰まって喉の奥がキュッと締まる。

「なんでこのタイミングで、経営不振になっちゃうかなぁ」

私の勤めている会社は、取り立てて有名でもない中小企業だ。本当は大学院で学んだ経済学を活かす職に就きたかったけれど、思うように就活が進まず断念し、今の会社へすべり込む形になった
主な業務は海外の輸入雑貨を国内に卸すこと。その中で私は営業事務をしていた。望んだ就職先ではないといっても、私だってやりがいを感じてがんばっていた。そ

れなのに、最近になって人事や総務の社員がぽろぽろ退職し始めた。

時間が合えばランチをともにしていた元同僚も、『この会社、そろそろやばいから今のうちに逃げた方がいいよ』と言って辞めてしまった。

『人事担当の退職が続いたら危険信号』というのはどこで聞いた話だったか。ともかく、どうやらうちの会社は危機にあるらしい。

父の話をしたせいで潤んでいた目が、会社の愚痴によって乾いていく。

「私もなんとかしなきゃとは思うんです。転職先も探しているんですが、やっぱり不景気ですね。希望する条件に合うところが見つからなくて」

「そうですか……」

「せめて結婚の予定でもあれば、別の意味で父を安心させられたのに。ああ、でも結婚の目的がそれって夢がないですね……」

ため息をついてしまったのは、経験がないせいで、いまいち恋愛がわからないからだ。私が思う恋愛とは、友人たちの話とドラマの世界にだけ存在するキラキラしたなにかである。

そんなキラキラしたなにかとは無縁の人生を送ってきた私に結婚の話なんて、過程を飛ばしすぎている。手順通りにいくなら、まずは恋人づくりからだろう。

二十七歳にもなって恋愛経験ゼロの女ではだめだろうと、さらに愚痴っぽくなりかけたところで、グラスが空になっていることに気づいた。

「次はチャイナブルーをください」

「はい、かしこまりました」

チャイナブルーもまた、飲んだことのないカクテルだった。たわいない話の中で美しい青色をしていると聞き、気になっていた。

すぐに差し出されたそれは、イメージしていたよりずっとさわやかなブルーをしている。こんなにきれいなカクテルがあるのかと感動した。

下降気味だった気持ちがまた少し上に向き、現状を打破する解決策が欲しくなる。

「恋人ってどうやったらできるんでしょう?」

「人によるものだと思いますが、私は妻とバーで出会いましたよ」

バーテンダーが照れた様子で、接客中の女性店員に目を向ける。

「だから、子どもが大きくなったら私たちもバーをやろうねと言っていたんです。誰かの出会いの場にできたらうれしいですから」

「わあ、素敵なお話ですね」

せっかくならばもっと話を聞かせてもらおうと身を乗り出したとき、私の右隣に男性が座った。

驚いてそちらを見ると、親しげな笑顔がまず視界に入る。髪が短く、清潔感があってこざっぱりとした印象の人だ。

「うんうん、本当にいい話ですね」

悪い人ではなさそうだと思ったところで声をかけられ、少し警戒する。今の話が聞こえていたのは仕方がないとしても、他人の会話に割って入ってくるなんて、なれなれしすぎるのではないだろうか。

だけど先ほど、このバーを出会いの場にしたいという話を聞いたばかりだ。このぐらいコミュニケーション能力の高い彼の方が、正しいのかもしれない。

「僕も今、恋人募集中だったりするんです。よかったら一緒に飲みませんか？」

少し悩んで、今日は夜遊びに徹することにする。この出会いも楽しむのだ。

「恋人になれるかはわかりませんが、お話相手になっていただけるとうれしいです」

「うん、ぜひ」

私に話し相手ができたからか、バーテンダーは別の客のもとへ向かってしまった。すっかり心を許していただけに寂しさも感じたけれど、今は新しい出会いに集中する。

「あなたが恋人募集中だなんて信じられないな。かわいいのに」

「そんなことを言われたのは初めてです」

「じゃあ、周りの人に見る目がないんだ」

これはいわゆる口説かれているというやつだろうか。だけど、かわいいと言われてもあまりうれしくないし、恥ずかしさもない。どちらかというと、どうして急にそんなことを言うのだろうという戸惑いが強かった。

「そうは思いませんが……」

「僕はきれいな人だなって、ずっと思ってたよ」

その言葉に引っかかりを覚え、つい口に出してしまう。

「ずっと?」

「うん、結構前から店にはいたんだ。向こうの席にいただけで」

彼が示したのはスタンディング席だった。店に入ってきたときはふたり客がいたけれど、今は三人になっている。どうやら私がバーテンダーと話している間に客の入れ替えがあったようだ。

最初からいただろうかと思い出そうとしてみる。さすがにちょっと見ただけでは、この人がいたかどうかまでわからない。

「そうだったんですね」

どちらにせよ、私を観察していたのだと思うと少し恐ろしい。自分の知らないところで見られていたというのは、あまりいい気持ちがしなかった。

さりげなく距離を取ろうと身を引いてしまってから、悪い方向にばかり考えすぎかと反省する。何杯もカクテルを飲んでいるせいで、平常時には考えないようなことに思考が傾くのだろう。

頭がぼうっとしているのも、深く考えられないのもアルコールのせいに違いない。せっかくの夜に嫌な思い出をつくりたくなくて、ネガティブな妄想を頭から追いやる。

「ねえ。そのカクテルおいしい?」

「あ……はい。チャイナブルーっていって……きれいですよね」

「ひと口もらってもいいかな?」

「……どうぞ」

一度追いやったはずの不快感が、すぐに戻ってくる。ためらいがちにグラスを差し出したものの、なんとなく飲む姿は見ていられなかった。

いくらなんでも、初対面の相手の飲み物を味見させてほしいというのはやりすぎだ。ここまでくると、なれなれしいを通り越して図々しく見える。それともやはりアルコールのせいで悪く捉えすぎなのか。

眉間にしわを寄せていると、味見を終えた彼がグラスを戻してくる。

「うん、おいしいね！　僕も次はそれにしようかな」

「いいと……思います」

グラスの中で揺れる青い色を見つめ、湧き上がる違和感をもっと酔って消してしまおうかと思ったとき、不意にうしろからグラスを取り上げられる。

「約束の時間に遅れたからって、ほかの男といちゃつかなくてもいいだろ？」

顔を上げると、まず最初に人好きのする笑みが目に入った。かなり目鼻立ちの整った男性だ。すっと通った鼻筋に少しだけ下がった目尻と、甘く緩んだ口もと。思わず目を引かれてしまう。いわゆるイケメンと呼ばれる部類の顔だろう。

笑顔が子どもっぽくて、いたずら好きの小学生のような表情をする人だと思った。かといって童顔なわけではなく、雰囲気も落ち着いていて大人の余裕を感じる。

やや長めの前髪をうしろに流しているからか、爽やかな印象もあった。表情と相まって好印象を受ける。

その一方で、シャツのボタンをふたつもはずしていた。軽薄な人に見えるのに、妙に似合っているせいで魅力的に映る。そつなく着こなす姿は、わざと軽薄さをアピールしているのかと錯覚するほどだ。

そのシャツも、グレーのジャケットも、私が知るブランドのものだった。ただの遊び人には見えなくて混乱する。

彼への返答に悩み、視線を下げたせいで、やや開いた胸もとから覗く肌をうっかり見てしまった。

ハッと顔を上げたのと同時に目が合って、にっこり笑いかけられる。

彼は笑うと右頬にえくぼができるらしい。それに気づいて、なぜかドキッとした。

「あの、私……」

その先の言葉が続かない。人違いだと伝えれば、彼とこれ以上会話できなくなってしまうと思ったから。

「埋め合わせは後でするよ。おいで」

「あっ、ちょ、ちょっと」

彼は黙り込んだ私の腕を引いて奥の席へと連れていく。置き去りになった男性を振り返ると、残念そうに肩をすくめていた。

「そこ、座って」

言われるがまま、とくに奥まった場所へ押し込められる。この店の数少ないテーブル席だ。怖い人ではなさそうだったけれど、突然の事態に頭が追いつかない。

「すみません、人違いだと思います」

「こういう場所に来るのは初めてか？」

やわらかさの消えた声を聞いて、無意識に手を握りしめた。彼の顔を見ると、さっきまで浮かべていた甘い笑みが消えている。尋問されているように感じて、キュッと心臓が痛くなった。

「私、なにかしてしまったんでしょうか」

「違う。されるところだったんだ」

「え……？」

どういう意味なのかわからず、思考が停止する。考えようにもアルコールが邪魔をした。

そんな私の前で、彼がため息をつく。私に声をかける前から頼んでいたものなのか、テーブルの上のお茶を差し出してきた。

「どうぞ」

「ええと……ありがとうございます」

私が混乱しているのを見て、落ち着かせるために勧めてくれたのだろうか。

わからないながらも、なにかで喉を潤したい気持ちはあった。

受け取ろうと手を伸ばすと、なぜか取り上げられる。

「いや、ありがとうじゃなくて」

なにをしたいのか本当に意味がわからなくて手をさまよわせていると、彼はテーブルに頬杖をついた。

「だめだろ、受け取っちゃ」

「じゃあ、どうして『どうぞ』って言ったんですか」

叱るような言い方にむっとして言い返す。「どうぞ」と言ったのはそちらだというのに、いったいどういうつもりなのか理解できなかった。

「君がどこまで世間知らずなのか試そうと思って」

「試す？」

「酒を提供する場所なんだから、もっと警戒しろよ。とくに男相手には」

真面目な顔で言われ、こめかみを押さえる。

「すみません、意味がよく……」

「あの男、君のカクテルに薬を入れてたんだぞ」

その言葉は、アルコールのせいではっきりしない頭にも理解できた。

「えっ？」

情けない驚きの声が、私の口を突いて飛び出す。さっきまでいた場所を振り返るけれど、そこに先ほどの男性はいない。

「薬って……もし、私が飲んでいたら……」

声が勝手に震える。テーブルの上で握りしめた両手も同じようにカタカタと揺れていた。

「あんまり想像したくないことになっていたかもな。そういう犯罪は残念ながら少なくない」

「そんな」

犯罪、と口の中でつぶやく。そんなものに巻き込まれかけていたなんて、衝撃的すぎて頭が働かない。

「今だって、普通に俺からグラスを受け取ろうとしただろ。俺が君をどうにかしようとしていたら、どうするつもりだったんだ。さっきのあいつみたいに」

苛立ちを隠しきれていない態度にびくっとする。どうやらこの人は私を助けてくれた上、警戒心がないと叱っているらしい。

そこまで理解して、震え続ける自分の体を抱きしめる。

「すみません……」

妙になれなれしい人だと感じていたのに、バーでの出会いとはこういうものなのかもしれないと普通に受け入れていた。そんな自分のうかつさが情けなくて、恐ろしくて、恥ずかしい。

顔を上げていられなくてうつむいた瞬間、小さく息を吐くのが聞こえた。びくりとして彼に視線を戻すと、困ったような顔で見つめられる。

「いや、俺もちょっときつく言いすぎたな」

「そんなこと……」

きついと感じるくらいはっきり言ってくれなければ、自分がどれほど危ない状況だったのかわからなかった。

もう一度謝罪しようとした私を、彼は手で制する。

「なにかおごるよ。君の飲みたいものを頼んだらいい。でも、俺をグラスに近づけさせるなよ」

「でも、さっき私を助けてくれましたよね……?」

危険から遠ざけてくれた人を警戒するのは、どうかと思ってしまう。だけど彼はそんな私に向かって首を横に振った。

「そうやって、信用させてからいただくつもりかもしれないだろ」

「いただく？」

なにをという意味を込めて問い返すと、苦笑交じりにため息をつかれてしまった。

「君が世間知らずなのはよくわかった」

彼は女性店員を呼ぶと、私に注文を促してくる。

「はい、ご注文は？」

「温かいお茶ってありますか……？」

震えるのは寒いせいではないけれど、温かいものが欲しかった。

ほっとできるような安心感を求めて彼女に質問すると、笑みとうなずきを返される。

「ありますよ。ウーロン茶？　緑茶？」

「ウーロン茶で……」

しばらくしてお茶が運ばれてくる。

自分で言った通り、彼は私のグラスに触れようともしない。

遊び人なのだろうかと思っていた自分を反省するほど、紳士的な態度だった。

温かなウーロン茶をひと口飲んで、ゆっくり息を吐く。怖かったという気持ちは消えていないものの、だいぶ落ち着いた。

「あの、ありがとうございました」

「お礼を言われるようなことじゃない。当然のことをしただけだよ」

「でも」

「ここで帰らずにお茶を飲むあたり、想像以上に世間知らずなお嬢さんみたいだな」

嫌みな言い方ではなかったし、純粋に感じたことを口にしたようだけれど、聞き捨てならない。

私自身のうかつさが招いた事態だと自覚しているぶん、〝世間知らず〟を強調されるとつらい。そんな自分を変えたいと思ったのに、結局無理なのだと言われているような気がして。

「さっきから人を世間知らずって言いすぎです」

「事実だと思うけどな」

「事実でも……あんまり言われたくないです」

ルールに縛られて実家に引きこもっていた方が、よかったのではないか。

無性に悲しくて唇を噛む。

彼の手もとのグラスに入った氷が、カランと音を立てた。

「悪い。そうだよな。褒め言葉じゃないわけだし」

あっさり謝罪されて、言った私の方が拍子抜けする。生意気だと返してもおかしくないのに、変わった人だと思った。

ちびちび温かいお茶を飲みながら、彼を盗み見る。

この人もまた、こういう場所に慣れていそうだった。だからといって、先ほどの男性のような私に対するなれなれしさは感じない。気を使ってくれているらしい距離感は、むしろちょうどよかった。

世間知らずだと言うわりに、彼は私を詮索してこない。あれこれ聞かれないことに安心はしているけれど、同時にこれ以上かかわるつもりはないと態度で示されているようで、妙な寂しさも感じる。幼い頃、迷子になったときの心細さと似ていた。

しばらく無言のまま、お茶を少しずつおなかに流し込んでいく。不思議とこの沈黙に苦痛を感じなかった。落ち着くとさえ思うほどに。

だけど気づけば、彼と言葉を交わしたくて自然と口を開いていた。

「あなたの言った通り、バーに来たのは初めてなんです」

「初めて？　なのに、ひとりで来たのか？」

忠告してくれたときのように硬い声ではないけれど、責められているように感じて、声が小さくなる。

「夜遊びをしたくて……」

「なにをしたいって？」

テーブルに肘をついた彼が、さらに突っ込んでくる。

話すかどうか一瞬悩むも、今さら隠す意味はないように思えた。

「夜遊びです。したこと、ありますか？」

「なんて答えれば君のお気に召すかわからないが、まああるんじゃないか」

「うらやましいです」

素直に伝えると、あきれたように言われる。

「君は今までどんな世界で生きてきたんだ」

信じられないものを見る目だった。興味を引けた気がしてうれしくなり、口が軽くなる。

「昔から厳しく育てられてきて。今日からひとり暮らしなんです」

「こら」

とがめる声に一度口を閉ざす。

「初対面の男にひとり暮らしをしてるなんて言うんじゃない。俺が君の帰り道で後をつけたらどうする？　誰も助けてくれないんだぞ」

「ついてこないでほしいです……」

「いや、それはあたり前のことなんだけどな」

そう言ってから、彼は少し笑った。

「困ったな。適当に相手して帰るつもりだったのに、家まで送ってやらなきゃいけない気持ちになってる」

「さすがにそこまで世間知らずじゃないですよ。ひとりで帰れます」

「そういうことじゃなくてな」

額に手をあてて言うと、彼は軽く息を吐いた。私に対してまたあきれたのだろう。

「そんなにだめな人間に見えますか？」

不安を覚えて尋ねてみる。自分が世間知らずで、警戒心のない女だということは、この短時間でよくわかった。でも、そこまでひどくはないと信じたい気持ちが強い。

私の問いに、彼はしばらく答えなかった。ただじっと見つめて、また困ったように口角を引き上げる。

「だめだとは思わないが、まあ、放っておけないタイプの人だとは思う」

「それって結局だめってことじゃないですか……？」

「ノーコメント」

「ひどいです」

真面目な話をしているつもりだったのに、軽く返される。その直後にまたふっと笑われて、私もつられてしまった。

彼の笑顔を見ていると、なんだかどうしようもなく胸が温かくなる。ホットウーロン茶のおかげかと思ったけれど、いつの間にか中身はすっかりぬるくなっていた。

これを飲み干したら彼との時間も終わってしまうだろうか。

残念に思っていると、彼は肘をついた手に顎をのせて尋ねてくる。

「君はこの後も夜遊びを楽しむつもりなのか？」

「終電ギリギリまでがんばってみるつもりでした」

言ってから、またあきれられるような発言だったかもしれないと気づく。

これ以上だめな女だと思われたくなくてすぐに言葉をつけ加えた。

「でも……帰った方がいいですよね」

「俺もその方がいいと思うんだが、もうちょっと君の話を聞きたい気持ちもある」

ぬるいウーロン茶のグラスをつついていた手が止まった。聞き間違いかと思って顔を上げると、彼は私の反応を待つようにこちらを見つめている。

ふわっとまた胸の奥が温かくなった気がした。私の話を聞きたいというひと言がうれしくてドキドキする。

「おもしろい話なんてできませんよ？」

「今の時点で十分おもしろいから気にしなくていい」

「ええと」

なにがそんなにおもしろいのかと聞こうとして、目が合った。彼の目もとが和んで、表情がやわらかくなるのを見てしまう。

——なに。

どくんと自分の中で心臓が大きな音を立てた。優しい笑みから目を逸らせない。どんどん体温が上がって、鼓動が速くなっていく。

どうして急に顔が熱くなったのかわからず、パタパタと自分を手で扇いだ。

「あっついです」

「どうせ飲みすぎたんだろ」

やわらかい笑みが苦笑に変わる。どちらもなんて魅力的な顔だろうと、苦しいような痛いような、初めての感覚が私の胸の奥でざわついた。

「冷たいお茶と水と、どっちがいい？」

「お茶で……」

顔を上げていられなくて、ぬるくなったウーロン茶をひと息に飲み干す。

すぐに運ばれてきた冷たいお茶も同じように一気に飲み干してみたけれど、一度生まれた熱は消えてくれなかった。


それから一時間と少しは経っただろうか。せっかくバーに来たのにお茶を飲んで、なんとなく身の上話をする。

これまでの人生でどういう経験をしていたのか、どう思いながら生きてきたのか、バーテンダーに話していたよりももう少し深い内容になったのは、彼に聞いてもらいたい気持ちがあったからだ。

話しすぎだとあきれられてもいいから、私のことを知ってほしい。

うれしいことに、彼は私の話を止めなかった。かといって聞き流しているわけでもなく、きちんと会話してくれる。

そんな中でふと彼が遠い目をする。

「親離れできないってきついよな」

「あなたも経験があるんですか?」

「それなりに。親が離してくれないくらい、いいところの生まれなんだ。育ちがよさそうだろ、俺」

冗談めかした言い方に首をひねる。

「うーん……そう……ですね……？」

「なんだ、その反応は」

素直にうなずけなかった私を見て、彼がぷっと噴き出す。

やっぱり魅力的な表情をする人だと思った。ころころと変わって、いつまでも見ていたくなる。

だからきっと、この時間が終わらなければいいのにと願ってしまうのだろう。楽しすぎてあっという間に過ぎていく時間が惜しい。

だけど、私たちはお互いの名前も知らなかった。彼と話すのはこれが最初で最後になるかもいしれない。そう思ったら胸がつきんと痛んだ。

「あの」

「ん？」

「お名前……聞いてもいいですか？」

なにか、彼と出会った証が欲しかった。でも言ってから後悔する。

「すみません、やっぱりだめですよね」

慌てて頭を下げると、やんわり首を振られる。

「そうじゃなくて。人の名前を聞くときは自分からって言わないか?」

穏やかな声に気分を害した気配はない。おそるおそる顔を上げると、また妙に胸を騒がせる笑顔を見てしまった。

「えっと、じゃあ——」

名乗ろうとする私を制し、再び彼が口を開く。

「一条夏久。俺の名前」

さらりと告げたかと思うと、私にも促してくる。

「君の名前は?」

「あっ、ええと、東雪乃です」

私から名乗ってほしかったのではないかと思っていると、まるで心でも読んだかのように目を細めてうなずかれる。

「君の名前を聞きたかったから先に名乗ったんだ」

「私に名乗らせたいのかと思いました」

改めて、自分の疑問を声に出す。

「いや、ちょっと意地悪したくなっただけ。別に名乗る順番なんて気にしないよ」

この人は意地悪な一面もあるのかと微かな驚きを感じる。ずっと気遣ってくれていたのもあって、てっきり優しい人なのだと信じていた。思いがけない事実は不思議と不快ではなく、むしろ気を許してくれたようでうれしくなる。

「……夏久さん」

教えてもらったばかりの名前を唇に乗せてみる。

胸の中のうれしさがふわっと弾けた。

「なんの変哲もない、普通の名前だろ？」

夏久さんは肩をすくめて流そうとするけれど、その言葉にはうなずけない。

「私を助けてくれた人のお名前です。とっても素敵だと思いますよ」

「褒められ慣れてないんだ。ほどほどにしてくれ」

茶化しているけれど、夏久さんの頬は少し赤くなっている。お酒のせいではないだろう。この人はさっきからウイスキーを何度もお代わりしているのに、まったく酔ったそぶりを見せていなかったのだから。

「君の方が素敵な名前だと思ったけどな」

「ありがとうございます。でも、私も褒められ慣れてないんですよ」

「なら、お互い心の中で思うだけにしておこう」

口に出さなければずっと心の中でしまったままになる。それがまた私に特別な思いを与えてくれた。

じんわり頬が熱くなって手で押さえる。お茶しか飲んでいないのに、さっきから体がおかしい。

一方、赤くなっていた夏久さんは、普通の顔色に戻っていた。平常心を取り戻したらしく残念に思うけれど、一瞬でも照れた顔を見ることができて心が踊る。

照れた顔も素敵だったと、頬が緩んだ。なぜか夏久さんも私を見て微笑する。

さっきから似たタイミングで笑みを交わしている気がした。そうおもしろいやり取りをしたわけでもないのに、なぜ彼と話しているだけで、目の前が明るくなっていくような気持ちになるのだろう。

夏久さんは最初よりも和らいだ笑みを浮かべたまま、ぽつりとつぶやいた。

「雪乃さんか。君にぴったりだな」

「そうですか？」

ぴったりだと言われた理由がわからず、眉を寄せて少し考える。

「どこがとは聞かないでくれ。なんとなく思っただけだから」

「わかりました。でもうれしいです。父が一生懸命悩んでつけた名前らしくて」

父から最初にもらった贈り物を褒めてもらえたことがうれしい。

夏久さんは私の言葉を聞いて、ほんの一瞬、なにか言いたげに表情を消した。でもすぐにまたもとの笑みに戻る。

「いいお父さんなんだな」

「はい」

自分でも驚くほどすんなりうなずけた。

厳しくて、窮屈で、だから今夜はいつもできなかった遊びをしようと思った。でも私は父を嫌っているわけではないし、憎んでいるわけでもない。それを実感する。

「過保護ですし、束縛されてきたなとも思うんですが。早くいい人を見つけて、父を安心させたいです」

「お父さんは雪乃さんに結婚してほしいのか？　てっきりずっと実家にいてほしいのかと思った」

「とくにそのあたりの話をしたことはないです。でも、私が結婚したら安心してくれるんじゃないかな」

大げさではなく、父は私のために生きてきてくれた。異性関係にも厳しくされたけれど、だからといって一生独り身でいろと言うつもりではないだろう。

「結婚するためには、いい人を見つけなきゃいけないんですけどね」

「君ならすぐ見つかるよ。少し話しただけでも魅力的な人だなって思う」

私が夏久さんを魅力的だと感じたように、彼もまた同じ印象を抱いてくれていた。それがこんなにもうれしいと思わなくて、胸がいっぱいになる。

だけど、どこまでその気持ちを出していいものだろう。悩んだ末、控えめに答えておいた。

「褒め上手ですよね、夏久さんって」

「俺が褒め上手なら、君は褒められ上手だ。なんでも素直に受け止めてくれるから、褒めがいがある」

そう言われても、褒め言葉を悪く捉える方が難しい。

「君は世間知らずなんかじゃないな。ただ、ずっと優しい世界で生きてきただけだってよくわかった。そうじゃないとそこまで素直には育たない」

「素直じゃないところの方が多いですよ。まだ夏久さんが知らないだけで」

「そう言われると知りたくなるな」

茶化すように言いながら、探るように私を見つめてくる。やけにその目が真剣に見えて、胸の奥がざわついた。

消えない胸の違和感をごまかすように、グラスを口に運びながら言葉を選ぶ。

「褒められるとうれしいです」

うまく頭が回らなくて、返事にならない言葉を口走ってしまう。

「ん？　まあ、そうだろうな」

会話がおかしくても夏久さんは受け止めてくれた。もっと話を聞いてもらいたくなって、さらに続ける。

「私を大切に育ててくれた父が褒められているみたいで、誇らしくなります」

「なるほど、そういう意味でか」

誰も父の苦労を知らないし、これから「よくがんばった」と言ってくれる人はそう現れない。けれど、私が誰かに認められれば父のしてきたことが報われる。自分が褒められるとうれしいのは、そういう理由からだった。

「俺も素直にそう言えるような人生を歩みたかったな」

ぽつりとこぼした言葉が、なぜか耳に残る。

ふと、ここで自分の話ばかりしていたことに気がついた。これまで、夏久さんの話をほとんど聞いていない。

「聞きますよ、愚痴。私の話もたくさん聞いてもらったので」

「愚痴があるわけじゃないんだ。反抗期みたいなものだよ。……っと、グラスが空だな。またお茶でいいか？」

　夏久さんはさらりと話を終わらせ、私の反応を待つ。

「あ……はい」

　答えて空のグラスをテーブルの端に寄せながら視線を下げた。

　今、夏久さんはあきらかに会話の続きを避けた。見えない線を目の前に引かれたようで寂しくなる。

　最初に比べて打ち解けたように感じたのは、私だけだったのだろうか。

　顔を上げる気になれず視線をすべらせる。初任給で買った腕時計が視界に入り、ハッとして思わず席を立った。

「もうこんな時間だったんですね……！」

　いい加減、父が心配する頃だ。帰る前に連絡を入れておいた方がいいかもしれない。

「ん？　まだ十時だぞ」

「でもそろそろ帰らなくちゃ」

「そんなに終電が早いのか？」

　不思議そうに言われ、時計と夏久さんとを交互に見る。次いで、今日がどういう日だったのかを思い出した。

「……今日から門限を気にしなくていいんだって忘れてました」

そそくさと席に戻りながら、口の中でもごもごと言葉にする。

門限の話は私が自分で夏久さんに言ったはずだ。それなのに、染みついた癖というのは恐ろしい。

恥ずかしさのあまりうつむいていると、ぷっと夏久さんが噴き出した。

「……っはは」

たまらずこぼれてしまった——というのが伝わってくるくらい、心から楽しそうに笑われる。

「わっ、笑わないでください！」

顔から火が出そうになって、声が大きくなった。

笑わないでと言っているのに、どうして夏久さんは目尻に涙まで浮かべて、口もとを手で覆っているのだろう。

なんてひどい人なんだと、軽く睨みつけた。

「そんなに笑うことじゃないです！」

「わかってる。わかってるんだが、あんまり焦った顔をしてたから」

「もう笑わないでください……！」

訴えながら、屈託のない無邪気な笑顔に心を奪われる。

恥ずかしさと、ちょっぴりの悔しさを吹き飛ばすくらい、強く惹きつけられた。

夏久さんはしばらく肩を震わせると、またテーブルに頬杖をついた。私をじっと見つめて、今までに見たどれとも違う表情を浮かべる。

「君はかわいいな」

たったひと言。その後に緩んだ口もとと、目もとの優しさと。苦しくなるくらい胸が締めつけられて、ひどく泣きたい気持ちになる。

そのとき、ずっと胸をざわつかせていた感情の正体を理解した気がした。

私はこの人のことが好きなのかもしれない。だからいつまでも側にいたいと思ってしまうし、表情が変わるたびに心を揺り動かされる。

出会ってからの時間は短いけれど、きっかけはいくつもあった。

危険な目に遭うところだったのを助けてくれたとき。自分になにが起きたかもわからなかった私を叱って注意してくれたとき。気遣いながら側にいてくれて、ずっと話に付き合ってくれている、今。

恋とはこんなに簡単に落ちるものなのかと自分で自分に驚く。

その驚きがあまりにも大きかったせいで、せっかくかわいいと褒めてくれたのにお礼も言えず下を向いてしまった。

視界の隅で夏久さんの手が動く。ドキリとしたのも束の間、彼は残念そうに言った。

「終電にはまだ早いだろうが、いい時間なのは間違いないな。悪い、今夜はひとりで自由な時間を過ごしたかったたんだろ。なのにずいぶん邪魔した」

夏久さんが立ち上がる。

「楽しい時間をありがとう。会計は済ませておくから」

「あ……」

席を立った夏久さんがバーテンダーのもとへ向かおうとする。振り向いてくれないその背中に、痛いくらい寂しさを感じた。

待ってと言う前に、自分でもわからない衝動のまま手を伸ばし、彼のジャケットの裾を掴む。

振り返った夏久さんと目を遭わせた瞬間、店内のＢＧＭが聞こえなくなった。

「ん？」

心臓の鼓動が激しく高鳴って、うるさい。

どうかしたのかと穏やかな眼差しが尋ねてくる。引き留めたのは私だというのに、ジャケットを掴んだ理由を言葉にできなかった。

「ご――めんなさい」

こんなことをしてどうしようというのだろう。たまたまバーで会っただけの間柄であって、友達でも恋人でもないというのに。

瞬時に頭が冷えて、咄嗟に握ってしまった裾から手を放そうとした。それなのに離れる寸前、大きな手が私の手を包み込む。

「君もまだ一緒にいたいと思ってくれているのか？」

彼は私に線を引いているのだと思っていた。だけどこの瞬間、たしかに踏み込まれたのがわかる。

だから、父の教えに背くとわかっていながら、うなずいてしまった。


バーを出た後も夏久さんは私の手を握ったままだった。

やっぱり帰りたいかと確認するように言われて首を横に振った結果、駅とは反対側の方向へ連れていかれる。

三分ほど歩いた場所にあったのはビジネスホテル。入る前に一瞬躊躇を見せた後、夏久さんは私の手を引いて中に足を踏み入れた。

初めて男性とふたりでホテルに入り、ベッドの上で向き合い――シーツの海に押し倒される。

この先のことは漠然と頭にあるけれど、細かく考えようとすると頭の芯がぼんやり痺(しび)れる。今は私を見下ろす夏久さんに集中していたい。

ドキドキするのにひどく冷静で、心と体が切り離されているような錯覚に陥る。

「格好がつかないな。君を助けたつもりだったのに、これじゃあ俺の方が悪人だ」

「夏久さんは悪い人なんですか？」

「世間一般的に見ると、そうだな」

夏久さんの指が、私の髪をすくい取ってすべっていく。

「バーで出会った女性を言葉巧みにホテルまで連れてきた悪い男だ」

苦笑いしながら言うと、夏久さんはジャケットを脱ぎ、側にあったソファへ放り投げた。ネクタイを荒っぽく緩める姿に男性的ななにかを感じて、ドキリとする。

それから、お互いに言葉もなく見つめ合った。

時間が止まっているようで、同時にすごい速さで進んでいるようにも感じる。きっと鼓動が速くなりすぎて感覚がおかしくなっているのだ。

出会ってすぐに男性とベッドへ向かうなんて、本当はよくないことだろう。まずは正式にお付き合いをしてから徐々に相手を知り、手をつないだりキスをしたりと順序を経てからこの瞬間を迎えるべきだ。

と、わかっていても今はそんな順番を忘れたかった。どうせなにが正解かわからないなら、初めて感じた衝動に従いたい。

夏久さんの手が私の手に絡んでくる。手のひらを密着させられ、体温を強く感じた。ますます胸が高鳴る。

知識はあっても、実際にこの先をどう過ごせばいいか私にはわからない。最初に聞いた方がいいだろうかと開きかけた口に、気遣うようなキスが落ちた。

小さな声を漏らしたのは、たぶん私だ。自分のものとは思えない声だったせいで、ぎょっとしてしまう。

唇にやわらかいぬくもりが何度か触れてくる。これがキスだとわかっていても、未知の感覚は想像以上に私を動揺させた。

私には恋愛経験がない。もちろんファーストキスの経験もない。

本当にこれがキスというものなのか。ドラマではもっと熱っぽく交わされていた気がするけれど、こんなに優しく包み込むようにされるものなのか。

素敵なものだと予想していたけれど、どうしてこんなに逃げ出したいと思うのかわからない。夏久さんの腕を逃れて外へ飛び出したいくらい、落ち着かない気持ちでいっぱいだ。

どうキスに応えるものなのかもわからなくて、ただぎゅっと目を閉じる。

緊張で体がこわばっていたけれど、指を絡めていない右手が髪をなでてくれるおかげで次第に和らいでいく。

気づけば私はリラックスしてキスを受け入れていた。ときどき聞こえる夏久さんの吐息と、私自身の声にいちいち心臓が跳ねていたけれど。

さっきまで逃げ出したかったのに、今はそう思えない。もっと夏久さんにキスをしてほしかった。甘く優しい感触を体のすべてで感じたい。

ほうっと私が息を吐くと、唇を離した夏久さんが至近距離で目をまたたかせた。

「電気、消そうか」

うなずくと、つないでいた左手が解ける。

夏久さんが手を伸ばして部屋の明かりを消すと、辺りは真っ暗になった。

「服はどうする。自分で脱ぐか?」

気遣うような声はとても近い。また目を閉じて首を横に振った。

「体が動かないです」

「そんなに緊張しなくてもいいよ」

暗闇に衣擦れが響いた。目を閉じているせいで見えないけれど、夏久さんがシャツを脱いだ音だろう。

その直後に、私の体へ熱い感触が落ちた。夏久さんの手が服越しに肌をなでている。また逃げ出したい気持ちになったけれど、じっと耐えることにした。手はゆっくりと動いて、少しずつ服を脱がしてくれる。

男性に服を脱がされたのは初めてだし、当然肌を見せるのも初めてだ。明かりを消してくれたことに安心したけれど、そのせいで触れてくる手の動きを余計に意識する。

先ほどよりも熱くなった唇についばまれ、びくりと体が跳ねた。

唇を割って入ってきた舌にも驚く。でも、夏久さんは私を急かさなかった。うっかり噛んでしまいそうになっても、少し笑ってキスの仕方を教えてくれる。

軽く唇を触れ合わせては離れ、舌先を絡めてから呼吸のタイミングを与えてくる。慣れない感覚は私を未知の境地へ引きずり込もうとしていたけれど、キスの気持ちよさが胸に残る不安を拭い去った。

「誰にでもこんなことをしてるとは思わないでくれ」

肌を重ねる直前、夏久さんは気まずそうにささやいた。

「初めてなんだ。こんな気持ちになったのは」

広い背中に腕を回しながらうなずく。

「私もです」

「うん、そうだろうな」

うなずいた夏久さんは、世間知らずのお嬢さんだからと耳もとでささやいた。甘い雰囲気も忘れてむっとする。

「言わないでって言ったのに」

「意地悪したくなったんだ」

お詫びのつもりなのか、耳たぶにちゅっと口づけられて、なにも言えなくなる。

夏久さんに意地悪されるのは嫌いじゃないかもしれない。こんなにもドキドキして、もっと強く抱きしめてほしいと思うのだから。

夏久さんは私の膝裏をそっと持ち上げながら、余裕なく目を細める。

「たぶん、俺は自分でもびっくりするぐらい、君に惹かれてる」

「――っ」

下腹部に鮮烈な痛みが走って息をのむと、夏久さんも一瞬息を詰まらせた。そしてすぐに、私へ数えきれないくらいたくさんキスをしてくれる。

思わず腰を引いてしまうと、無理に進めようとはせず待ってくれた。

「ちょっと、だけ。怖いです」

「悪い、大丈夫か?」

自分がどうなるのかわからない不安を漏らすと、気遣わしげな声が甘く耳をくすぐってくる。

「やめようか?」

私が望めば、きっと夏久さんは本当にやめてくれる。

だけどそれは嫌だった。続けてほしい気持ちを声に出して伝える。

まだ痛くて言葉が途切れる。夏久さんはうなずいて私の耳を軽く噛んだ。私がそうされるととろけてしまうのを、この短時間で見抜いたのだろう。

「優しくして、ください」

時間をかけて少しずつ夏久さんとひとつになっていく。だいぶ弱まったとはいえまだじくじくと残る痛みも、満たされていく喜びも、なにもかも初めてのことばかりで思考ごと溶けそうになる。

「なつ、ひさ……さん」

夢のようなひとときに押し流されそうで怖くなり、何度も夏久さんの名前を呼ぶ。

そのたびに少しだけうれしそうにするのがたまらなくて、彼の背中を抱きしめる腕に力が入った。

誰かを好きになることがこんなに簡単なんて、思いもしなかった。

騙(だま)されているのだとしてもいいと思えるほど満たされていて。そんなふうに思ってしまうから、人に世間知らずと言われるのかもしれない。

愚かだと笑う人もいるかもしれない。だけど私は夏久さんとこの夜を過ごせて幸せだった。

――少なくとも、肌を重ねている瞬間は。

ゆっくりとまどろみから覚めて、ぼんやりと天井を見上げる。ここは私の家じゃない。ひとり暮らしのあの家ですらない。

泥のように眠ったのに倦怠感が残っていた。全身を包み込む心地よいぬくもりの主は夏久さんで、まるで宝物を守るように私をぎゅっと抱きしめたまま眠っている。

昨夜の満ち足りた気持ちはまだ残っていた。あんなにも素敵な夜は今後ないだろうと思い出し、ふっと現実に戻る。

私はなにをしてしまったのだろう。

自分の体を見下ろして、次に眠る夏久さんを見る。どちらもなにも着ていない。当然のことだった。

頭では理解しているのに、私の中に植えつけられていた〝常識〟が騒ぎだす。

なにをしたのだろうではなく、なんてことをしたのだろう、と。

以前、友達と泊まりで旅行したいと父にねだったときがあった。

そのとき父が言ったのは『結婚前の娘が泊まりなんてとんでもない』ということ。

ものすごい剣幕で怒られ、本当に悪いことをしたのだと、頭に刻み込まれた。

『取り返しのつかないあやまちを引き起こしてからでは遅い』という父の言葉がよみがえる。

あのときの父の怒鳴り声が頭の中に響いた。両手で耳を塞ぎ、「違う」とつぶやく。

あやまちなどではなかった。許されないことでも、罪深いことでもなかった。そう思いたいのに、そう信じたいのに、とてつもない罪悪感が私を支配していく。

夏久さんと一緒にいたいと思っただけだった。初めて誰かを好きになったのかもしれないと感じたから、夜を受け入れたのだ。

だけど私は彼の腕のぬくもりを早く忘れなければならない。許されないことをしたのだから、なかったことにしなければならない。

わなわなと震える自分の体を抱きしめる。

奇跡を感じた夜を肯定しようとする自分と否定しようとする自分が、それぞれ好き勝手に頭の中でわめき立てる。矛盾する言葉はどちらも正しくて、どちらも間違っているように聞こえた。

最終的に、答えを出せなくなった私は、夏久さんを起こさないようベッドを抜け出し、手早く服を身に着けて部屋から逃げ出した。

義務からの結婚

夏久さんと一夜を過ごしてから、三か月が経った。あの夜からほどなくして私はひとり暮らしをやめ、再び実家へ帰ってきている。

父はなにも言わなかった。ただ「おかえり」とだけ言って、それまでと同じ日々を過ごし始める。

私もぼんやりした毎日を送っていた。

あの夜を思い出すと焦がれるように胸が締めつけられる。目覚めたときに私がいなかったことで、夏久さんはどう思っただろう。裏切ったような気がして悲しかった。素晴らしい夜だと思ったからこそ大切にしたいのに、私自身が思い出を汚してしまったようで。

じくじくといつまでも治らない傷のように、不安と恐れが私をさいなんでいた。一瞬で恋をした相手と夜をともにしてしまったと知ったら、父はきっと軽蔑するに違いない。そんなことをしてしまった自分自身の愚かさに、すべて終わってから気づくとは、それこそ愚かな話だった。

毎日が重く、苦しい。会社の業績がどんどん悪くなり、見知った顔が残らず消えてしまったことも追い打ちをかけた。

やがて、私も退職を決めた。転職先が決まっていない不安は残っていたけれど、罪を犯した後悔に比べればどうということはない。

父も『しばらく休めばいい』と言ってくれた。私の様子がいつもと違っていることに気づいていたのだろう。

そんな私に父はお見合いを勧めるようになっていた。仕事をしないのなら結婚はどうかと、相変わらず私の将来について心配してくれている。

だけど父が持ってくる話は受け入れられなかった。誰にも言えないあの夜を忘れられずに悩んでいるのは、今も私が初めての恋を捨てきれていないせいだ。

誰と結婚することになっても、夏久さんじゃないなら愛を誓えない。

遅い初恋はあまりにも重く、私を縛りつける。けれど、そんな時間も長くは続かなかった。

「この日はなにも予定がないはずだったな」

ある日、父は確認するように尋ねてきた。ついにその日がきてしまったのだとあきらめて、首を縦に振る。

「……うん」

父が再度勧めてきたお見合いを、もう断れない。

「先方には連絡しておくから。準備だけしておきなさい」

「でも私、まだ結婚は……」

「雪乃」

記憶にあるよりもずっと老いた父が、しわの寄った手で私の肩を叩く。

「お父さんがいなくなってからも、お前を守ってくれる家族が必要だろう」

でも、家族となるかもしれなかった相手から私を遠ざけてきたのは、ほかでもない父だ。だからといってその文句を父には吐き出せない。

父の気持ちもわかる。娘が悪い男につかまらないよう大切に大切に守り抜いて、そしてようやく誰かに託してもいいと思えたのが今なのだろうと。

ただ、今から動きだすとなれば、私には学ぶことが多すぎる。結婚できると判断する頃にはいくつになっているのかわからない。

先日の夏久さんとのことだって、苦いけれど私の恋愛経験のひとつになった。これを積み重ねていかなければいけないのだろうと思いつつ、もうすでに疲れてしまった自分がいる。

もう夏久さんには会えないとすると、道はふたつしかない。遅いと知りながら今から恋愛をするか、それともこれまでしてきたように父の言うことを聞いてお見合いを受けるか。

私が選んだのは後者だった。

——お見合い当日。

場所は都内のホテル。最上階で行われる食事会には先方の兄弟も同席するとのことで、もはやお見合いというよりは、両家の顔合わせだろうと思ってしまう。

父の知り合いの息子だと言っていたから、悪い人ではないのだと思う。愛せる人かどうかはともかくとして。

「結婚が決まったらお父さんはどうするの」

「どうするって、まあ迷惑にならんようにする」

最上階へ向かうエレベーターの中で父と話す。昔はもっと大きな背中だと思っていたのに、今はなんだか小さく見えた。そういうことを実感するたびに、父を安心させなければいけないという気持ちが強くなる。

そして、あの夜のことを隠さなければならないという気持ちも強くなった。

「結婚したら、母さんに報告しないとなあ」

つぶやくように言った父の言葉が胸に刺さる。

「きっとお母さん、驚くと――」

言いかけたそのとき、ぐらりと目の前が揺れた。

「っ……？」

「雪乃？」

不自然に途切れた言葉を訝しく思ったのか、父が振り返る。その顔もなんとなくぼやけて見えた。立っていられないほど強い目眩を感じ、壁にもたれようとするけれど、手がすべってそのまま倒れ込んでしまった。

「雪乃！」

お父さん、と呼んだ声は言葉にならない。自分の身に起きた異変の理由がわからなくて混乱する。

だんだん思考さえ塗りつぶされて、やがてぷつりと意識が途切れた。

目が覚めた私は病院にいた。

ベッドの横に座った父が、重いため息を吐きながら言う。

「……妊娠三か月だそうだ」

「にん……しん……？」

「身に覚えがないわけじゃないんだろう？」

押し殺した声からは、怒っているのかも動揺しているのかも読み取れない。下を向いているせいで顔も見えなかった。

ぼんやりしたまま、自分の体を見下ろす。

言われてみれば、しばらく生理がきていなかった。

もともと規則的な方ではなく、仕事の不安定な状況によるストレスのせいで、遅れているのだろうと思っていたけれど。

言われてみれば一番わかりやすい〝覚え〟がある。

「……で、どこの男だ」

「違うの、お父さん。私――」

説明しようとしても、頭の中がぐちゃぐちゃで言葉が出てこない。誰よりも妊娠の事実に動揺する私を遮り、父は低くうなった。

「違うもなにもないだろ。男としてきっちり責任を取ってもらわないと、このままじゃ母さんに合わせる顔がない」

相手はたったひとりしかいない。だから、私に子どもができているのだとしたら、父親はあの人以外にありえない。

だけど、別に夏久さんは悪いことをしたわけじゃない。

「私がちゃんと話をして決めるから……」

「そういうわけにはいかないだろうが……！」

押し殺した怒声にびくっと震える。父がこんなにも怒っている姿を見たのは、いつぶりだろうか。それこそ、初めて外泊したとき以来かもしれない。

あのときと同じく、とんでもないことをしでかしたのだと泣きたくなる。

「いつから、どういう男と付き合ってたのかはこの際いい。けどな、向こうが責任も取らずに逃げるのだけは、絶対避けなきゃならないんだよ」

父の口調が荒い。

歯を食い縛っていることに気づき、ただ怒っているわけではないのだと、胸を突かれた。

父はこの状況をふがいなく思っている。厳しく育ててきた娘が結婚もせず妊娠させてしまった事実にショックを受けているのだ。

思わず、自分の口を手で覆っていた。涙をこぼしそうになるのをこらえる。

父を傷つけた。こうなる可能性も考えてあの夜を迎えるべきだったのに、私は一時の感情に流され、夏久さんと過ごしたいと願ってしまった。

「男の名前はわかるんだろう。どこのどいつだ」

彼の名前を出してもいいのかと思いながら、息を吐く。

おろすという選択肢はない。父がいるとはいえ、ひとりではままならないことの方が多いはずだ。それでもあの夜の奇跡が宿っているなら、どんな苦労をしてでも産んであげたい。

となると、問題になってくるのは父親の存在だ。一生隠したままではいられないだろうし、なにより夏久さんにとって不誠実が過ぎると思う。

結ばれた翌日に逃げ出した女から、子どもができたと聞いたら、彼はどんな顔をするだろう。軽蔑されるだろうか、嫌われるだろうか。状況が状況だけに、喜ぶ姿は想像できない。

それでも、この子を想うなら伝えなければならなかった。私が母親としてこの子にできる最初のことが、その存在を父親の夏久さんに教えることだろうから。

心を決め、今も忘れられない名前を父に教える。

「……一条夏久さんです」

下を向いていた父が顔を上げ、訝しげにつぶやく。

「一条夏久……？」

「うん」

偽名でなければ、それが彼の名前だ。あの夜、何度も甘えて呼んだ好きな人の名。今は口にするだけで罪悪感が芽生える。

「そうか、わかった」

なにがわかったのか、父がそれを言うことはない。私を病室のベッドに残し、決意した表情で足早に部屋を出ていった。

私が退院し、体調も落ち着くようになる頃には、一週間が経過していた。その間にどうやって連絡を取ったのかは知らないけれど、父は夏久さんと今後について話をしたらしい。私をどうするのか、産まれてくる子どもをどうするのか。その答えは今日、私も同席する場ですることになっている。

我が家にやって来た夏久さんは、父に睨まれながら私と向き合った。リビングがこんなに居心地の悪い場所に変わったのは、生まれて初めてである。

三か月ぶりの再会は、予想していた通り冷ややかだった。

　夏久さんは私にほとんど目を向けず、父とばかり話をした。その間ずっと、いたたまれずにうつむく私をどう思っていただろう。

　こんな再会を果たしたかったわけではなかったのにと、何度も頭の中で考えた。もう彼の笑顔を見ることは叶わないかもしれない。

「話は聞いた。俺の子を妊娠しているそうだな」

　あの夜とは違う、感情を抑え込んだ冷たい声。

　くるくるとよく表情の変わる人だと思ったのに、今はぞっとするほど無表情で、思考をいっさい読ませない。この人にこんな顔をさせているのは、ほかでもない私自身なのだという事実がショックだった。

　申し訳なくて頭を深く下げる。

「……ごめんなさい」

「謝らなくていい」

　素っ気なく言ってから、夏久さんは微かに顔をしかめて私を見る。

「体調は大丈夫なのか？　倒れたと聞いたんだが」

「はい。一応……。ご心配おかけしてすみません」

「だから謝らなくていい。君のお父さんからも言われたことだが、俺にも責任のあることだからな」

そう言うと、夏久さんは懐から見慣れない紙を取り出した。今まで実物を目にしたことはないけれど、なんなのかは知っている。

テーブルの上にその紙が広げられる。すでに夏久さんの名前が書き込まれていた。

「結婚しよう」

「そんな」

思わず立ち上がりそうになって、そんな自分を抑える。

「結婚なんて……そこまでさせるつもりは」

「じゃあ、君は俺になにを望むつもりだったんだ？」

結ばれたときには私を優しく呼んだ声が、あきらかな敵意をはらんで突き刺さる。

息をのんで胸を押さえると、夏久さんがほんのわずかに視線をさまよわせた。心なしか先ほどよりも声のトーンが下がる。

「認知だけして、金さえ送ってくれればいいと言うつもりか？」

「違います、そんなこと……」

「これは君の望んだ通りの結果だろ。余計な駆け引きをする必要はないし、演技もしなくていい」

望んだ通りとはどういうことなのか。

理解できずにいると、婚姻届を突きつけられる。

「書いてくれ。役所に出してくるから」

夏久さんがぶっきらぼうに言う。

すでに父とそういう話になっていただろうということは予想できたけれど、私ともちゃんと話をしてほしかった。

「でも」

「それが気に入らないなら、俺になにをしてほしいのか言ってくれ」

結婚以外でなにを願えばいいのか、答えを出せる気はしなかった。

どうすればこの状況に巻き込んだことを償えるのかわからず、差し出されたペンを震える手で受け取る。

本当に結婚しなければならないのだろうか。こんな形で夏久さんとまた会いたかったわけではない。

およそ三か月ぶりの再会になる。たったひと晩の想いなど風化してもおかしくはなかっただろうに、こうして向き合ったことでまだ残る気持ちを自覚した。

二度と会えないと思っていたから、会えてうれしい。その反面、二度と会うべきではないと思っていたからひたすら申し訳ない。
ペンを持ったまま、手を動かせなかった。そこに夏久さんがそっと手を添えてくる。
びくっと過剰に反応した私を見つめる瞳に、記憶に残る温かさはなかった。だけど
私を傷つけようとする冷たさまでは感じない。
彼はきちんとあの夜の責任を取ろうとしてくれている。そのためにできることが結
婚だから、こうして逃げずに来てくれた。
私はどうなのだろう。これではだめだと思いながら、なにも決めずに逃げているだ
けだ。
ゆっくり深呼吸する。こんなに感情のない目をしていても、夏久さんの手は温かく
て私を安心させてくれた。
今、私にできるのは彼の誠意に応えることだ。せめてよい妻として尽くし、自分の
選択を少しでも償いたい。
心を決めて、夏久さんに向かってうなずく。彼はなにも言わずに添えていた手を離
してくれた。
婚姻届を引き寄せ、手が震えないようにしながら東雪乃と名前を書く。
その間、父はずっと黙っていた。

代わりに再び夏久さんが口を開く。

「……子どもが本当に俺の子なのか、正直に言えば検査してもらいたい」

苦々しい声が痛い。夏久さんがそう言うのは当然のことだ。だけど私は検査の必要がないことを知っている。

「……はい。でも、私……夏久さんだけです」

「それを信じられるほど、君のことを知らないからな」

重苦しい空気に押しつぶされそうになりながら言った言葉を、たったひと言で撥ねのけられる。でも、夏久さんの言う通りだった。

私が初めてだったということはこの人も知っている。だけど、その後再びこうして出会うまでに誰とも経験がなかったかどうか、私には証明できない。

だから夏久さんが納得するようにしたいと思った。

「検査は……いつするつもりですか？」

「しない」

「……え？」

検査を提案してきたのは夏久さんの方だ。それなのにきっぱり「しない」と言われて目を丸くする。

その瞬間、目が合った。

「倒れたんだろ」

そう言いながら見つめてくる瞳は、あの夜のように気遣いを感じるものだった。それに気づいたせいで、勝手に心が震える。こんな状況になっても心配してくれるのかとうれしくなったけれど、夏久さんが浮かべている表情はひどく苦々しい。

「誰の子どもかより、君の体の方が大切だ。たとえ俺の子じゃなくても、結婚は受け入れるよ。別の男が父親だったら……それがわかったときにもう一度考えればいい」

私の体の方が大切だと言ってくれたことを、素直にうれしく思う。同時にまた申し訳なさが込み上げた。

「夏久さんはそれでいいんですか……？」

「君が俺の名前を出したことがすべてだろ。ほかにやれることがあるのか、俺に」

「……ごめんなさい」

再び素っ気なく返され、きゅっと唇を引き結ぶ。夏久さんの言葉は最初からずっと正しくて、私は自分の間違いを突きつけられてばかりだ。

謝る以外になにも思いつかない自分が、本当に情けなくて申し訳ない。

「私はこれからどうするんですか……？」

「俺の妻として生活してもらう。家の心配はしなくていい。……言わなくてもわかるだろうが」

付け加えられた言葉の意味はわからない。でも、今は聞ける雰囲気ではなかった。

「お義父さんも、こんな形で顔を合わせることになり、申し訳ありません」

黙った私の前で夏久さんが父に頭を下げる。

「改めて、雪乃さんと結婚させていただきます」

予想はしていたけれど、やはり今日私と会う前に父と話を済ませていたのだろう。父も不必要に言葉を重ねず、ただうなずいた。

「……ああ」

夏久さんは父に挨拶を済ませると、婚姻届を手に席を立った。私も慌てて立ち上がり、玄関へ向かううしろ姿を追いかける。

「夏久さん」

なにか言わねばと無意識に伸ばした手が、夏久さんのジャケットの裾に引っかかった。同じようにした結果、結ばれたのを思い出す。

でも、再びあの瞬間が繰り返されることはなかった。

「離してくれ」

冷たく言われて、弾かれたように手を引っ込める。
「あのとき、君の手を取らなければよかった」
そのつぶやきはたぶん、私にしか聞こえなかった。
人は大きなショックを受けると、痛みも苦しみも悲しみも感じなくなるものらしい。
悲しいひと言に私が感じたのは、深い虚無だった。
夏久さんが家を出ていく。
その場にへたり込んだ私を、父がそっと支えてくれた。

寂しい新婚生活

数日後にはもう、私は一条雪乃になっていた。

迎えにきてくれた夏久さんの車に乗り込み、ほとんど会話をしないままふたりで住む家へ向かう。

そこは二十階建ての高層マンションだった。都心部だというのに緑に囲まれており、周囲の喧噪を感じさせない。道路から少し離れていることもあり、心なしか空気も澄んでいるようだ。まるで森の中にマンションを建ててあるようだと思ってしまう。ここに来た経緯は気まずい結婚だというのに、ほんの少し心が癒された。

駐車場からエントランスまで移動する間、夏久さんは私を支えながら歩いてくれた。そこまでしなくても支障はなかったけれど、気遣いがうれしくてなにも言えずに受け入れる。

マンションのエントランスは外観から想像していたよりも広かった。会社のエントランスのように、端にはソファとテーブルが置いてある。壁の隅には観葉植物も置かれており、外も中も緑でいっぱいなのだとぼんやり思った。

「すごい家に住んでいたんですね……」

感じたことをそのまま口にしてから、もう少し頭のよさそうな言い方があっただろうと反省する。夏久さんはちらりと私を見ただけで、なにも言わなかった。

エントランスに入り、オートロック式の入り口をカードキーで開くと、夏久さんは先ほどまでと同じように私を支えてエレベーターへと向かった。

車の中でした短い会話を思い出す。夏久さんの住居はマンションの最上階すべてだと言っていた。つまりこの二十階丸ごとすべて、である。

ほかのフロアは五軒ごとに住居が分かれているけれど、最上階のみフロア全体を専有するペントハウスのような形だという。

実際に見るまでは、いまいち具体的にイメージできなかったけれど、これだけのマンションのフロアを専有した家というのは少し広すぎるのではないだろうか。

私がひとり暮らしをしようとした小さな家とは、比べものにならなくて驚かされる。

エレベーターに乗ると、夏久さんがボタンの上部にある細長い差し込み口へ、先ほどオートロックの自動ドアを開けるために使ったカードキーを差し入れた。そうしてから、なぜかほかのフロアのボタンをランダムに押し始めた。

「なにをしてるんですか？」

「家に帰ろうとしてる」

今度は答えが返ってきた。ちょっとだけうれしくなったけれど、夏久さんの目は私に向いていない。

うれしい気持ちが寂しい気持ちに変わり、再びボタンに視線を戻す。そこでようやく最上階のボタンがないことに気がついた。

フロア全体を家とする最上階が特別なのは間違いない。だから簡単には行けないようになっているのだろう。おそらくはカードキーを差し込み、パスワードを入力して、やっとたどり着ける場所なのだ。そんなところに住んでいる夏久さんは何者なのだろうと、今さらになって疑問を抱く。

エレベーター内でそれ以上の会話はなかった。二十階ともなると長くて、以前は心地よいと思った沈黙がつらい。

やがてエレベーターが止まり、ついに夏久さんの家へ足を踏み入れる。玄関のドアを開いて先に入るよう促してくれたのが、やっぱりうれしかった。

だけど私は、玄関に入って目を回した。

フロアすべてが家だというだけあって、まず玄関が広い。私がひとり暮らしするのに十分な広さだ。

その広さにひどく落ち着かなくなりながらも、靴を脱ぐ。少し離れた位置にあるスリッパを借りようとすると、夏久さんが私を手で制した。無言でスリッパを取ってくれると、私の足に履かせてくれる。

きっと彼は私が緊張でどぎまぎしていることに気づいていない。

まるで童話のお姫様が靴を履かせてもらっているようだと、小さな感動を覚えていることにも。

「ありがとうございます」

お礼への返答は差し出された手で返された。またその手を借りて廊下を歩く。こんなに廊下が長いと、ちょっとした運動になるのではないかと思いながら。

廊下の突きあたりにあるリビングへ向かうと、ホテルのラウンジかと錯覚するほど広い空間が現れた。

全面に広がった窓からやわらかい光が差し込んでおり、全体的にかなり明るい。ベッドかと思うほど大きなソファに、乳白色をした大理石のテーブル。キャッチボールくらいなら平気でできそうな広さの部屋だった。

カウンターとつながったキッチンはあまり使われていないらしく、新品のように見える。夏久さんが選んだのか、置いてある家具は全体的にシンプルなモノトーン調で統一されており、センスを感じさせた。

夏久さんはどこになんの部屋があるのか、きちんと教えてくれた。私の実家と同じ3LDKと聞いて、あまりの違いにしばらく思考停止してしまう。しかもシャワールームと浴室が別々に存在している。私が知る限り、それはどちらもお風呂と呼ばれるものだ。こうなってくると、もうトイレがふたつあるぐらいでは驚かない。

私が私室にしていいらしい部屋もやはり広く、すでにある程度整えられている。事前に送っておいた荷物もきちんと並んでいた。

「ここで寝ればいいんですか？」

触れるのが怖くなるぐらいふかふかのベッドを見ながら言う。

「好きなところで寝ればいい。ここでも、ソファでも。……一応、寝室が続き部屋になってるが」

それを聞いて、ベッドの数を考えてみる。私の部屋にひとつ、そして隣が寝室ということはそこにもひとつ。この流れだと、夏久さんの部屋にもあるのではないかと推測する。

私がしていたひとり暮らしはなんだったのか、こうなると本当にわからなくなった。夏久さんが私の住んでいた部屋を見たら、物置と間違えるかもしれない。

「こっちだ」

そう言って夏久さんは廊下に続くものとは違うドアを開く。そこも広い部屋だった。真ん中には大きすぎるベッドがひとつ。寝室と言うだけあって、本当に眠るためだけの部屋らしい。

「それで、そっちが俺の部屋だ」

私の部屋とは反対の壁にもうひとつドアがある。夏久さんは説明だけして、そのドアを開けることはなかった。

「俺がいてもいなくても、君の好きなようにしてかまわない。でも、なるべく動き回るなよ」

「わかりました。あんまり物に触らないようにします」

そう言って飾られた観葉植物から少し距離を取ると、訝しむような、むっとしたような、微妙な顔をされる。

「壊されるのを心配してるんじゃない。君の体のことを考えて言ってるんだ」

「私ですか?」

「変に動き回って、なにかあったら大変だろ。俺がすぐに駆けつけられる状況ならいいが、家を空けている時間の方が長いはずだ」

私の体を本当に気にかけてくれているのだと、胸がぎゅっとする。態度はずっと冷たいけれど、ここに関してはとても優しい。

「心配してくれてありがとうございます」

お礼を言ってから、気になっていたことを尋ねてみる。

「あの、実家へのご挨拶をした方がいいんですよね。いつ頃に――」

言いかけて、夏久さんがひどく険しい顔をしたのを見てしまう。

「夏久さん……?」

「実家には連れていかない。俺の両親に会わせるつもりはないからな」

吐き捨てるような言い方に、先ほどとは違う意味で胸がぎゅっとした。心臓が嫌な鼓動を打ち始める。触れてはいけない部分に触れてしまったのかと怖くなった。

それでも、ここで引くのが正しいのかわからなくてもうひとつだけ聞く。

「でも、結婚したのにそれでいいんですか?」

「勘違いしないでくれ。この結婚は普通の結婚じゃない。俺は君を妻だと思いたくないし、思ってもいないんだ」

刃物のように鋭い言葉が胸を貫く。家族にも紹介したくないと思うような、妻。

自分の立場を突きつけられる。

好きだと思った人からの冷たい言葉がこんなにつらいなんて知らなかった。泣きたくなったけれど、これも私が悪いのだ。唇を噛んで下を向く。

「わかって、ます」

「どうだか。自分の望み通りの結果で満足してるんだろ」

「え……」

「父親を安心させるために早く結婚したい、だったか？　それもどこまで本当の話か知らないけどな」

嫌悪すら滲ませてそう言われ、また心臓が嫌な音を立てた。あのときは優しく話を聞いてくれていたのに、彼の中では嘘でしかなかったのだろうか。楽しいと思った夜が夏久さん自身の言葉で否定されたようで、視界がじわりと潤む。

「たしかに言いましたけど、こうなったのは……その……」

事故のようなものだと言おうとして、それは間違っていると思い直す。

あの夜の出来事は事故などではなかった。誰かを好きだと思えた夜を、私まで否定したくなくて口をつぐむ。

夏久さんはため息をひとつ吐くと、私を連れてリビングへ向かった。私の体を心配する気持ちに嘘はないのだろう。ソファに座るよう促される。

「……名乗らなければよかった。そうすれば君も妊娠を盾に結婚を迫ろうと思わなかっただろうから」

「私、結婚を迫ろうなんて……」

「一条の名前を聞くまでは、思いつきもしなかったんだろうな」

「意味がわかりません。どうして名前が関係してるんですか……？」

苛立ちを隠そうともしない夏久さんを刺激しないよう、おずおずと質問する。

冷たい言葉の代わりに向けられたのは、嘲笑だった。

「君の恐ろしいところはそういうところだな。演技してるように見えないから、信じそうになる」

「演技なんてしていません。……あなたに会ってから、ずっと」

「演技をしていないんだとしたら、どうしてすぐに結婚を受け入れたんだ？　普通だったらもっと拒むはずだろ。そうしなかったのは、君の目的が俺との結婚だったからだ」

感情を押し殺した声で責められ、喉がきゅっと締まる。どこかに力を入れていなければ泣いてしまいそうだった。

「あれは……」

動揺して正常な思考ではなかったというのはある。

父にこれ以上迷惑をかけられない。夏久さんが納得する形にしなければならない。そう考えてペンを取ったはずだった。

でも、あの状況でも私は夏久さんにもう一度会えたことを喜んでいた。

ほかの誰かだったら、もう少し冷静に考える時間を取ったかもしれない。だけど夏久さんだったから。この人となら結婚してもいいと、心のどこかで思っていたのはたしかだろう。

「あの夜のことは俺にも責任がある。それはわかってる。……けどな、お父さんのためにここまでするか？」

「……誤解です」

「君のお父さんは一条家の息子でよかったと言ってたぞ」

「一条の名前になにかあるんですか？」

その問いに答えはなかった。

夏久さんは額を押さえ、ゆっくり肩で息をする。

「君も引っ越しで疲れただろ。俺は部屋にいるから」

その横顔が疲れて見えた。ひどく後悔しているのが感じ取れる。今の会話に向けたものなのか、結婚そのものに向けたものなのか。おそらくは後者だ。

「待ってください」

一方的に会話を切ると、夏久さんは自分の部屋へ向かってしまった。取り残され、再びソファに腰を下ろす。

夏久さんの誤解の理由がわからない。どうやら〝一条〟の名前に関係しているらしいけれど、こうして耳にしても、なにを意味するものなのかさっぱりだった。

それならばと文明の利器に頼ることにする。

スマホを取り出し【一条夏久】で検索をかけてみた。

私の名前で検索をかけても、姓名判断の結果くらいしか出ないというのに、夏久さんは違っていた。

大手ＩＴ企業の社長として、いくつかネットニュースの記事にまでなっている。載っている写真は夏久さん本人だから、同姓同名の他人ではありえない。

記事のひとつを読んでみれば、資産家である一条家のひとり息子だというものがあった。その下に続く下世話な文章には「現在恋人の影はなし。どのような女性がこの御曹司を射止めるのか、今後も目が離せない」とある。

読んだだけで疲れてしまい、スマホをテーブルに置いてソファにもたれる。

いくつかの疑問が氷解した。

ひとり暮らしなのに、どうして豪華すぎる家に住んでいるのか。なぜ私が妊娠を盾に結婚を迫ったと思い込んでいるのか。そしてあの夜は優しかったのに、今はとても冷たく接してくる理由はなんなのか——。

それは夏久さんが資産家のひとり息子で、自身も社長の超大金持ちだからだ。

私が妊娠したのをお金目あてだと決めつけていたのを見る限り、今までにもお金関係で嫌な思いをした経験があるのだろう。

もちろん私にそんな意図はいっさいないけれど、夏久さんから見ればそうなるのもわからなくはない。だから誤解して優しい表情を見せてくれなくなったのだ。

初めて夜を過ごしたいと思ったのも、結婚してもいいと思ったのも、相手が夏久さんだったからだ。お金持ちだからではなく、単純に心が惹かれたから。

高い天井を見上げて息を吐くと、締めつけられた胸が痛みを訴える。

恋というものがどういうものなのかは知らない。でも私はきっと、夏久さんに恋をした。だから受け入れたいと思った。

好き——と伝えたところで、今の夏久さんが信じてくれるとは思えない。むしろ、お金のために心まで売り渡したように受け取られる可能性がある。

私が次にするべきことはこれからどうするのかを考えることだった。

夏久さんは、結婚は受け入れると言って実際に入籍もしてくれた。子どもの父親が自分ではなかった場合に、改めてまた考えればいいと言っていたけれど、そうなるのはありえないのだからこの生活を続けることになる。

まずは誤解を解きたかった。私は本当に夏久さんを好きだと思ったから、あの夜を過ごしたのだと。そのためには、気持ちを伝えたときに聞いてもらえるだけの信頼を得なければならない。今のままではすげなくされて終わりだろう。

どうにかできるかもしれないと希望を抱けるのは、夏久さんが私を妻だと認めない態度を取っても、自分の子どもの母親としては労ってくれるからだ。

三か月ぶりに会ったときも私の体を気にかけ、今日も実家からここに着くまで、そしてここに着いてからも案じてくれていた。その優しさはあの夜に見せてくれたものと変わらない。

だとしたら、日々過ごしていく中で心を通じ合わせられるかもしれない。私たちがあの夜、お互いを欲しいと同じ気持ちを抱いたように。

夏久さんは自分に責任があると言ってくれたけれど、こんな形で結婚させてしまった原因は私にもある。好きだと言ってもらえないとしても、せめて妻としては認められるようになりたい。

ふたりでいるときは我慢していた涙が、目を閉じた弾みにひと筋だけ頬を伝って落ちていく。

そっとおなかに触れ、深呼吸した。ここに夏久さんとの子どもがいるなんて、やはりまだ実感がない。

両親がケンカばかりしていたら、この子だってつらいだろう。すでに子どもにとって悲しいやり取りを聞かせたかもしれないと思い、虚空に向かって口を開く。

「ごめんね」

返事は当然なかったけれど、私の中で微かな鼓動が聞こえたような気がした。

◇　◇　◇

彼女を残して、自室に逃げてきてしまった。

行き場のない感情をどうすればいいのか、まだ自分と折り合いがついていない。

自宅で仕事をするためのデスクに向かい、イライラと椅子に腰を下ろすけれど、気持ちは落ち着かなかった。

彼女のあの態度が演技だなんて、誰も思わないだろう。俺だって今も信じられない。たまたまバーに足を運んだとき、男が彼女のカクテルになにか入れるのを見てしまった。なにも知らずに受け取った姿に危機感を覚えて声をかけた結果、想像以上の世間知らずさにあきれてその後も付き合うことになった。

厳しい父親に縛られ、ただバーでカクテルを飲むだけの時間にさえ憧れを感じていた彼女に、いろいろと共感することがあったのはたしかで。一条の名前に不自由さを感じながら逃げられない自分と重ねてしまった。

そんな人生でも前向きに〝夜遊び〟をするのだと笑った彼女に、どうしようもないほど焦がれたのはきっと必然だったのだろう。

これまで一条という名前だけを見ていた女とは違うと思って――違うと思いたくて、名を明かしてしまった。それを聞いて彼女は驚くことなく自分を助けてくれた人の名前だとやわらかく笑っていた。

誰かと過ごして、あんなにも安らいだのは初めてのことだった。もっと側にいたい気持ちを抑えて別れようとしたのに、同じ気持ちだと知って止まらなくなった。

なのに、そう思っていたのは俺だけで、彼女は嘘をついていた。

忘れられない一夜を過ごしてから三か月が経っても、俺は悶々とした日々を過ごしていた。また会えるだろうかとあのバーに通いつめ、成果を得られないまま朝を迎える日を繰り返した。仕事に追われることで彼女を忘れようとしていたある日、取引先との会議を済ませてデスクに戻った俺のもとに、東裕一と名乗る男から会社に電話があったと秘書から報告を受けた。

東という苗字は彼女と同じものだ。普段ならば事前にアポのない電話に応えたりはしないが、このときばかりは次の会議の予定をずらして俺の方から電話を入れた。

東雪乃という名に覚えはあるかと聞かれ、あると即答していた。もしかしたら出会えたのは夢だったかもしれないと、この三か月俺を悩ませ続けた名前だ。忘れるわけがない。

彼女にまた会える可能性を感じて胸が騒いだ。自分以外に誰もいないベッドで目を覚ましたときから、ずっと聞きたいことがあったからだ。

あの日、どうして黙っていなくなってしまったのか。

心が通じ合った夜だと思っていたのに、ひとり残されてどれほど切なくなったか、言葉にしきれない。

彼女に好きだと伝えようと思っていた。一度限りの関係にしたくないから、きちんと交際を申し込もうと思っていた。当然、結婚を前提にして。

それなのに彼女は消えてしまい、裏切られたような気持ちになったのを覚えている。そんな気持ちになるなんて、自分でも意外だった。

だから、彼女が厳格だと言っていた父親からの連絡でも、再び接点を持てるならとうれしく思っていたのだけれど。

裕一さんと実際に会い、話を聞いて、いかに自分が楽観的で能天気だったのかを思い知らされた。

彼女は俺の子どもを妊娠したと言う。身に覚えがあったとはいえ絶句した俺に、裕一さんは苦々しくもほっとした表情で言ったものだった。

「一条家の男が相手なら、雪乃にも不自由はないだろう。私も安心だ」

面と向かって言われたひと言に、すっと頭が冷えたのを覚えている。

彼女は早くいい人を見つけて父親を安心させたいと言っていた。その相手としてあの夜に狙いをつけた相手が〝一条夏久〟だとしたら。

安心させたがっていた父親張本人も「一条家の男が相手なら」と言っている。

たとえ一夜の相手だとしても、彼女からすれば資産家一族の御曹司だ。結婚相手として選ぶのにこれ以上の男はいない。

自意識過剰だとは思わない。それだけのものをこの名前は持っている。

彼女だけはこれまで出会ってきた女性と違い、純粋に俺自身を見てくれたのだと思っていた。だから初めてを捧げてくれたと思っていたのに。

夏久さんと呼ぶ甘い声はまだ耳に残っている。俺が俺でなければ、きっとそんな声で呼んでくれることもなかった。

つきんと胸が痛む。

自由を求めて飛び出してきたというのに、いつもの癖で十時の門限に慌てていた彼女は——言葉にできないくらいかわいかった。

初めてこんなにも好きになった人は、俺を愛していない。だから平気で結婚を迫るような真似ができるのだ。そんな策略など練らずとも、いずれ俺は彼女にプロポーズしていただろうに。

裏切られた思いが強すぎて、彼女を妻だと思いたくなかった。妻と呼べる今を、騙されたとわかってなお、うれしく感じる自分が許せない。

人はこの状況を一夜のあやまちと呼ぶのだろう。

だけど俺は、あの奇跡の夜をあやまちだと認めたくなかった。

行きすぎた心配

新婚生活はかなり冷ややかに始まった。

料理ができてよかった。

夕方、夏久さんが帰ってくる時間に合わせて食事の準備をする。最新式のキッチンに最初は手間取っていたものの、今はどこになにがあるかを把握していた。

夏久さんとの関係を少しでも改善させるためには、やはりこちらから距離を詰めつつ話を聞いてもらうのが一番だろう。そう考え、結婚した次の日から料理を試みた。といっても夏久さんは朝食を抜いて出かけることも多かったし、夕食も社長としての会食が多いために、外で済ませることが多かった。だから実際に食べてもらったことはほぼないと言っていい。けれど今日はいつもより早く帰ってくるとのことだった。

これまで夏久さんは徹底的に私を避けてきたけれど、さすがに今日は難しいに違いない。一緒に食事をするとなれば嫌な顔はされるかもしれない。でも、確実に話す時間はつくれる。

目的は誤解を解くこと。その次に——妻として認めてもらうこと。子どものためにもそれがいいだろうと、せっせとシチューを仕込む。

そうしているうちに、あっという間に時間が過ぎていった。玄関のドアが開く音が聞こえ、すぐ迎えに出る。

「あ、あの、おかえりなさい」

急いで出迎えたせいで声が裏返る。夏久さんは少し驚いた顔をして、私から目を逸らした。

「ああ、うん。ただいま」

夏久さんは私を避けようとするけれど、新婚生活を送るようになってから無視だけはしない。

ただいまというたったひと言をもらえただけでもうれしくて、胸がいっぱいになる。

「ご飯……作ったんです」

夏久さんがああと小さく声をあげる。

「だからいい匂いがするのか」

「シチューなんですが、お好きですか……？」

「まあ、好きな方だと思う」

作ってから聞くくらいなら、最初に好きな食べ物を聞いておけばよかった。

出会ってから過ごした時間が少ない私には、夏久さんの情報が少なすぎる。それでも、初めて妻らしくできたような気がして心が弾んだ。

「すぐ支度をしますね」

「いや、いい」

リビングへ向かおうとした足が止まる。

「どういうつもりなんだ、料理なんて」

「どういうつもりって……」

「ご機嫌うかがいのつもりなら、二度としなくていい」

刺すように胸が痛む。

「私……そんなつもりじゃ……」

「君のおなかには俺の子どもがいるんだ。下手に動き回って、また倒れられても困る」

夏久さんが私の横を通り抜けて自分の部屋へ向かってしまう。なにも言えないまま、私の目の前でドアが閉じた。

廊下で立ち尽くし、自分のおなかに触れる。

「……失敗しちゃったみたい」

せめて食事くらいはともにしてくれるのだと期待を抱いていた。けれど、どうやら思っている以上に夏久さんは私を嫌っているらしい。

食事の用意がだめならば、後は妻としてなにができるだろう。ほかにもやれることはあるはずだと前向きに考えようとする。

でも、リビングへ戻ろうと足を踏み出したはずみにほろりと涙がこぼれた。

言い方が悪すぎた。
雪乃さんを残して部屋に入り、閉じたドアにもたれる。
本当に言いたかったのは、料理なんて用意しなくてもいいから自分の体を一番に考えてほしいということ。彼女は妊娠が発覚した際に倒れたそうだから、いつまたどこで意識を失うかわからない。
キッチンには刃物もあるし、料理をするとなると火を扱うことにもなる。しかもシチューだと言っていた。万が一、熱した鍋に向かって倒れ込むようなことがあれば。

しかも俺がいないときに。

心配しているのに、心のどこかで引っかかっている〝騙された〟という苦い思いが彼女への対応をきつくさせる。

妻になることが彼女の策略なら、妻らしく振る舞うこともまた演技のひとつでしかない。だから手料理をうれしいと思ってしまうことも間違っている。

彼女の本心からの好意で料理を用意してくれたのなら、こんなにうれしいことはない。けれどそんなうまい話はないのだ。

必要以上に冷たくあたる必要はないはずなのに、まだ惹かれ続ける気持ちを認めたくなくて突き放してしまう。

正直なところ、結婚してもどう接すればいいのか答えは出ていなかった。なにもかもなかったふりをして、彼女と一から幸せな夫婦になればよいのだろうか。

それはきっと、自分にとって甘美な日々になるだろう。なぜなら、騙されたと知ってなお彼女を抱きしめたいと思っているのだから。

けれど、一方的な感情を抱くほど虚しいことはないとよく知っている。

もし、彼女を許し抱きしめたとして、そのときどんな表情をするのだろう。新妻として幸せそうにはにかみながら、心の中では俺を扱いやすい男だとほくそ笑むのかもしれない。そんな悪女のような彼女を想像するのは、俺を心から愛してくれる彼女を想像するぐらい難しいけれど。

胸が、痛かった。重いため息を吐いて、もたれていたドアから背中を離す。いつものように部屋の奥にあるデスクへ向かい、側の椅子に座った。

彼女に限らず、他人が愛してくれるのはいつも俺ではなく、俺の地位や財産だった。それだって望んで得たものばかりではない。

彼女ならという願いは早々に打ち砕かれた。やはり、誰かに期待などするべきではなかったのだ。

椅子の背もたれに体重をかけ、ぼんやりと天井を見上げる。二十歳(はたち)そこそこの頃ならもっと、関係を少しでもいいものにしようとがんばったかもしれない。

不意にスマホが震える。次いで、無機質な着信音が流れた。

――一番嫌いなメロディだった。

「もしもし」

『夏久、この間の件だけど』

聞こえた声は――母のもの。

彼女の言うこの間の件とやらは、すでに終わらせたつもりだった。

「それについては父さんと話がついてる」

『……そうなの？　でも、その〝父さん〟から電話するように言われたんだけど』

電話の向こうに聞こえないよう、ため息をつく。父はいつだって〝夏久〟を自分の都合のいいように動かそうとする。母はそれをおかしいとも思わず、むしろ積極的に支持している。

母がそうなるのも無理はない。一条の家に生まれたなら、父親の言う通りの道を歩むのが、最短で幸せになれるルートだろう。そして息子として俺が枠の中で生きるのも、彼らにとっては正しいことだ。

父は母のことも同じようにうまく使う。男同士ではこじれる話も、母が間に入ると強く出られず譲歩せざるを得なくなってしまう。

今回も同じだろう。以前、こちらから一方的に話を終わらせたのが気に入らず、こうして母を介してもう一度考え直せ——いや、自分の言うとおりにしろと伝えてきているのだ。

両親はおそらく悪人とされる人間ではない。親として善人かはともかくとして。

「俺から向こうに伝えておく。もともと乗り気じゃなかったしな」

『またそんな勝手なことを言って……』

渋る母の声にうんざりして天を仰ぐ。

この話はとっくに終わったはずなのに、勝手なことを言っているのは両親の方だ。

それを言えれば楽だったのに、まだ彼らへの期待を捨てきれなくて言えない。もしかしたら〝跡取り息子〟ではなく〝俺〟を求め――愛してくれるのではないかと。

本当に馬鹿だと自嘲気味に吐いた息は、きっと向こうに聞こえていた。

なにか言おうとした母の声が途切れる。無理に話を引き伸ばそうとしたはいいが、内容が思いつかなかったのだろう。

『夏久――』

母に対する苛立ちはあるけれど、彼女もなにも知らず父に言われて連絡してきているだけだ。不憫な人だと思ったせいで、つい伝えてしまった。

「……俺、結婚したから」

電話の向こうで息をのむ音がした。言ってしまったと思うと同時に、やはり言うべきではなかったという思いがこみ上げる。

『そんな、どうして』

ばたばたと慌ただしい足音が聞こえ、微かな衣擦れが耳をくすぐる。

次に誰の声が聞こえてくるかはわかっていた。案の定、向こうからは『代われ』という声が聞こえてくる。

『夏久、どういうことだ』

　やはり父が出た。

「どういうこともなにも、そのままだ。……もう切ってもいいか？　明日も早いんだ」

『ふざけるな！　なにが結婚だ。勝手な真似を……！』

　俺の人生なのになにが勝手なのだろうと、純粋に疑問を覚える。だけど、これまでなにも言えずに生きてきたように、今日もまた言えない。

　一条夏久という枠に押し込められ、心の中では反発しながらもひとり息子が家族を捨てるわけにはいかないと、耐えたせいで今がある。

「とりあえずそういうことだから。例の話は俺から先方に伝えておく」

『待て、夏久！　話はまだ終わってな――』

　ぷつりと電話を切る。

　そのまま長押しにして、スマホの電源を落とした。

　両親は怒り狂っている。それは、息子が妻となる人を紹介もせず籍を入れたからではなく、自分たちの思う通りの相手と結婚をしなかったからである。

　言いなりにはなりたくなかったけれど、まさか女性を妊娠させてしまって結婚することになるとは思っていなかった。どうせ政略結婚でもすることになるのだろうと覚悟していたのが、どうしてこんなことになったのか、まだ理解しきれていない。

好きな人と結婚なんて、夢物語だと思っていた。雪乃さんへの想いを捨てきれていないのだから、夢が叶ったと言えば叶っている。だが、肝心の彼女からは愛されていないのだ。

俺が望んでいたのは、愛し愛されるごく普通の夫婦になること。名前も家も関係ない、ただひとりの人間として見てもらうこと。でもそれは最初から叶わない願いだったのだ。俺が俺である限り、この名前からは逃れられない。

ベッドへ向かいながら、電源を切ったスマホを手に取る。

「忘れる前に今度こそ終わらせておくか」

つぶやいて電源を入れ、そのタイミングでかかってきた父からの電話は無視する。

その代わりに別の番号を打ち込んだ。

次の日、朝起きてリビングに向かった私は、珍しくまだ出社していない夏久さんと

顔を合わせた。

「おはようございます」

「おはよう」

一拍置いて挨拶した夏久さんは、ソファでコーヒーを飲んでいた。新聞を読むその横顔に少しだけドキッとする。

今日はいつもより出社が遅いのだろうかと気にはなるけれど、昨日のこともあってなんとなく話しかけづらい。

だからといってここで私が黙ると、夏久さんはなにも言わないまま会社へ向かってしまうだろう。だから、精いっぱいの勇気を振り絞った。

「朝ご飯は食べましたか？」

「うん、まあ」

そんな気はしていた。自分で聞いておきながら、返答にダメージを受けてしまう。

夏久さんは出社が遅いにもかかわらず、私が起きるのを待たずに朝食を済ませてしまったのだ。

しゅんと気持ちが落ち込むのを感じながら、私は私で朝食を取ろうとキッチンへ向かう。そして、目を見張った。

流し台には使った後の食器が洗われた状態で置かれている。

まさかという思いでコンロの上に置いた鍋のふたを開けてみると、昨日よりもあきらかにシチューの量が減っていた。そしてなぜか、調理台の上に昨夜はなかったはずのフランスパンが用意されている。

「夏久さん、これ……わざわざ買ってきたんですか？」

「パンなら炊かなくても食べられるしな。君がまたキッチンを動き回らずに済む」

素っ気なく言うけれど、パンは突然湧き出てくるわけではない。私のために買ってきてくれたという事実がどうしようもなくうれしい。

「それに、シチューには米じゃなくてパンだろ？」

夏久さんはこちらを見なかった。でも、不意に新聞を置いて立ち上がる。そして私の前までくると、気まずそうに視線を逸らしながら言った。

「昨日は……悪かったな」

「え……」

「言い方がきつくなったから。その……俺のいないところで危なっかしいことをしてると思ったらちょっと焦ったというか」

言葉を選んでいるように見える。冷たさを感じなくて、無性に泣きたくなった。

「料理してないです、けど」

「火のついた鍋に向かって倒れたらどうする？　うっかり包丁で怪我をしたら？　君ひとりの体じゃないんだぞ」

ぎこちなく夏久さんの腕が伸びてくる。思わず身をこわばらせると、恐る恐るといった様子で抱きしめられた。

「俺に気を使ってなにかしようとしなくていい。安全第一でおとなしくしていてくれ」

「は……はい」

夏久さんに抱きしめられているということは理解できるけれど、なぜなのかはわからない。ただ、本当に泣いてしまいそうなくらいうれしくて顔を上げられなかった。

「それと……」

夏久さんが言いよどむ。

「シチュー、おいしかったよ」

えっ……。

小さく聞こえた声に驚き、顔を上げて夏久さんを見ようとした。けれど、なぜかぎゅっと頭を押さえつけられる。

あの夜以来、初めての触れ合いだった。感じたぬくもりも安心感もまったく変わっていなくて、こわごわ背中に腕を回す。

ゆっくり深呼吸すると、ぎゅっと胸が苦しくなるような夏久さんの香りがした。

「おいしかったならよかったです。でも……また作らない方がいいんですよね？」

「ひとりでいるときには、だな」

だったら夏久さんがいるときならばいいのだろうかと聞く前に、腕の中から解放される。

ふたりの心が通じたと思ったあのときと同じく、しばらく見つめ合ってしまった。

もっと抱きしめてほしかった。こんな一瞬では物足りなくて、切ない。

「夏久さ――」

「そろそろ時間だな。行ってくる」

今の触れ合いはなんだったのか、素気なく夏久さんが離れてしまう。そしていつものようにさっさと玄関を出ていってしまった。

昨日までだったら、拒むように出ていく背中を寂しいと思っていた。でも今日はなんだか違う気持ちでいっぱいになっている。

抱きしめられてうれしかった。料理を褒めてもらえてうれしかった。気遣ってもらえてうれしかった――。

「……やっぱり、パパは優しいね」

まだほとんどふくらみのないおなかをなでて話しかけてみる。

「この調子で、あのときみたいになれたらいいな」

なりたい——と強く願う自分がいる。

わずか数分の出来事に頬が緩むのを感じながら、これからは夏久さんを心配させないように過ごそうと心に決めた。


期待は淡い幻想のまま、あまりうまく距離を詰められないまま時間ばかり過ぎていった。ひと月、ふた月と経て、少しずつ自分の体が変わっていくのを感じる。

そして今日は定期健診の日だった。

夏久さんとともに病院へ行き、産婦人科の先生と向き合う。

「うん、順調に育っていますね。お母さんの方で気になることはありますか？」

「つわりが軽いようなんですが、なにか問題があったりしますか……？」

「中にはそういうお母さんもいらっしゃいますよ。逆にひどくなったときはすぐに連絡してくださいね」

「はい。ありがとうございます」

先生はなにかと親身に話を聞いてくれて、初めて妊娠を経験する私にとって非常に頼もしい存在だった。

「ほかに質問は？　気になることはありますか？」

「そうですね、とくには――」

「本当に順調なんでしょうか？」

私の言葉を遮るようにして夏久さんが口を開く。

「自分でもいろいろと調べたつもりです。この時期のエコー写真だと、もっと胎児は大きく育っているものだと思っていました。つわりが軽いのとなにか関係があったりは……？」

はっきりと、でも少し余裕なく質問する姿に驚きを感じた。

しかも妊娠の状態について調べてくれたと言う。私も本やインターネットを活用して学んでいるけれど、この様子だと夏久さんはそれ以上にあれこれと知識を得ているように見える。

先生は夏久さんの言葉を聞いてやわらかく笑った。

「大丈夫ですよ、お父さん。こういったものは個人差があって当然です。大きさだって十分問題のない範囲ですよ」

「ですが……妻の体型もあまり変わらないようですし」

　妻と呼ばれたことにドキリとする。夫婦らしいことはほとんどしていないけれど、それでも妻なのだと再認識させられる思いだった。

「それも個人差です。気になるようでしたら、奥様にたくさん栄養のあるものを食べさせてあげてください」

「具体的にはどういったものを？」

　夏久さんがいつの間にかメモ帳を取り出している。先生から聞いたものを書き記すつもりだろう。

「検査ではギリギリ基準値でしたが、奥様には鉄分が足りていないようです。目眩を感じやすかったりするのも貧血のせいですね」

「では、鉄分が多く含まれているものを用意すれば……」

「それだけではだめですよ。葉酸やビタミンなど、ほかにも取るべき栄養素はたくさんあります」

「食事だけで賄えるものですか？」

「基本的にはきちんとご飯を食べているだけで大丈夫です。ただ、つわりなどもありますし、食欲がないときなどはサプリメントで補うといいでしょう」

「わかりました」

私が黙って座っている間に、夏久さんは先生とさくさく話を進めてしまう。他人事のように思うのは、私たちが結婚はしていても本物の夫婦になれていないからだろう。

夏久さんのこの心配は私へ向けてというより、子どもに向けてのものだとわかって
はいる。それでも、忙しい合間を縫って定期健診についてきてくれたり、妊娠や子ど
もについて調べてくれたり、純粋にうれしい。

「後は奥様のストレスを極力減らすことです。大丈夫、心配しなくてもお子さんはこ
れからぐんぐん大きくなっていきますよ」

先生ににっこり微笑みかけられ、少しだけ不安を覚える。
ストレスとはどこまでのことを言うのか、それがわからなかった。

次の日の夜、夏久さんは早めに帰宅した。玄関まで迎えに行くと、ちょっとだけ嫌
な顔をされる。

「わざわざこっちまで来なくていい。俺がリビングへ行くまで待っていればいいだろ」

「早く帰ってきたときくらい、出迎えたいと思って……」

「いらない。おとなしく座っていてくれ」

突き放すような言い方だけど、怒っているようには見えない。だから以前のようにつらくはならなかった。

そんなに座ってばかりでは、いつか椅子から離れられなくなるのではないだろうかと思いながら、リビングへと引き返した。

一応、帰宅前に夕食を済ませてくる旨を連絡してもらっていた。業務報告のような連絡メールに寂しさを感じなくはなかったけれど、それさえもないよりはずっといい。

「荷物は届いたのか？」

廊下を歩きながら夏久さんが聞いてくる。それこそ、私が今日夏久さんに一番聞きたいことだった。

リビングに入ると、段ボール箱が三つ。夏久さん宛だったのを確認しただけで、中身はとくに確認していない。

「この三つなら届いています。医薬品ってありますけど……なにを頼んだんですか？」

「サプリメントだ。先生が言ってただろ」

もう一度段ボール箱を見て、目をぱちくりさせる。

「これ、全部？」

そうだと答えると、夏久さんはさっそく段ボール箱を開け始めた。いったいどれだけ購入したらこんな量になるのかと、ハラハラしながら横で見守る。

世の中にはこんなにも多種多様なサプリメントが存在するのかと驚くくらい、いろんな種類のものが飛び出した。

「夕飯がまだなら、今夜から飲むようにしてくれ」

手渡された袋を見つめる。昨日の今日で、ここまで揃えてくれたことはうれしい。うれしいけれど——少しやりすぎではないだろうか。

「こんなに毎日飲んだら、薬漬けになりそうです」

「毎日じゃない。毎食だ」

「もっと悪いじゃないですか。先生だって、きちんとご飯を食べていれば大丈夫って言ってましたよ」

反論するけれど、夏久さんは頑として引かない。

「君が毎食きちんと食べているかどうか、俺にはわからないだろ。もしかしたら昼を抜いているかもしれないし、つわりが急にひどくなって、食べられなくなるかもしれない。そのときに備えて用意するのは当然だ」

「だけど、ここまでしなくても大丈夫だと思います」

「君は妊娠しているのに平気で歩き回るし、この間だって買い物に出かけたがっていた。そんな人の〝大丈夫〟は信用できない」

夏久さんに譲る気はなさそうだった。いくつものサプリメントを取り出しては、どれをいつ飲むのか、何粒飲むのかを説明していく。

頭の中で数えてみると、十数種類以上の量を飲まなければならないことがわかった。

ここまでくると、もはやなんの栄養素が私のためになるのかわからなくなってくる。

でも、夏久さんがここまでする気持ちも理解できなくはなかったから、拒めない。

私は妻として認められていないけれど、子どもの存在は認められているし、大切にされている。

「――で、貧血気味だと言っていたから、これも。……どうした？」

彼が心配しているのは子どもだけだと気づいて、ちりりと嫌な痛みを胸に感じた。

「あ……すみません、ちゃんと聞いていなくて」

「もう一回説明するか」

再びひとつひとつ説明し始めた夏久さんに、言いようのない不安を覚える。

いくらなんでもここまでする必要はあるのだろうかという不安は、それからしばらく経たないうちに現実となった。

定期健診にて食事の話が出たことで、いいことと悪いことが増えた。

いいことは、夏久さんが私と一緒に朝食と夕食を取るようになったこと。これまでは私を避けるようにしていたけれど、この時間をともにしてくれるようになった。私がちゃんと食事を取っているか確認するのが目的だろう。

監視されているような気がして落ち着かない気持ちはあるけれど、一応会話もあったし、どちらかといえばうれしいからいいこととする。

悪いことは例のサプリメントだ。

今日もたっぷりテーブルに並べられたカプセルの数々を見てげんなりする。これでは食事を取るのか、薬を食べるのかわからない。

食事の後もこのサプリメントの山が待っていると思うと、食欲がなくなった。以前に比べると食事の量は減り、おいしいと感じる気持ちも薄くなった気がする。

今も夏久さんが買ってきてくれた食事を前にして、少しも箸を動かそうと思えない。

今夜は豆腐とブロッコリーのカニあんかけ、春雨と海藻が入ったサラダに、中華風コーンスープだった。

夏久さんはいつも体によさそうなものを揃えてくれる。しかも万全の状態ならお代わりしたいと思うほどおいしい。けれど、今はお代わりどころかひと口食べようと思うだけでも気が重い。

　箸が止まったままの私に気づいたらしく、夏久さんが食事の手を止めた。

「どうした、食べないのか？」

「あんまり……その……」

　正直に言うべきだろうか。悩んだせいで声が小さくなる。

「つわりか？」

「いえ、それは大丈夫です」

「だったらちゃんと食べないとだめだろ」

　いい香りを漂わせた料理を見ても、やっぱりなにも思えない。横にずらりと並んだサプリメントの存在感が大きすぎるせいかもしれなかった。

「君が食べなかったら、子どもはどうなる？」

　夏久さんがとがめるように言うのを聞いて、手を握りしめていた。

「そうですね。赤ちゃんのために食べないと……」

　無性に胸の奥がもやもやした。むかむかしていると言ってもいい。私たちをつなぐのは子どもだけで、それ以外になにもないのを思い知った気がした。

　きゅっと唇を引き結ぶ。

「サプリ……こんなにあるんですし、どうせ飲むんだからご飯は食べなくていいんじゃないでしょうか」

「……え？」

夏久さんが驚いたように私を見つめてくる。その目を見返せなかった。

「ご飯も薬の味がするんです。おかしいですよね、サプリに味はないのに。だから食べたいと思えなくて……ごめんなさい」

うつむきながら言うと、かたんと音がした。席を立った夏久さんが私のもとまでやって来て、椅子の側に膝をつく。そして私の顔を覗き込んだ。

「雪乃さん」

とても久しぶりに名前を呼ばれて顔を上げる。私を心配そうに見上げる夏久さんと目が合った。

「だったら、君が食べたいものを用意しよう。なにが食べたい？」

夏久さんは私を見上げたまま優しく問う。

私が心惹かれた人の姿がそこにあった。

泣きそうになってまた唇を噛みしめると、そっと手を握られる。

「夕飯になるようなものじゃなくてもいい。なにかないのか？」

本当に優しく、壊れ物を扱うように尋ねられる。感じていた苦しさをこくりとのみ込んで、私も夏久さんの手を軽く握り返した。

「いちご……いちごのタルトが食べたいです」

「いちごタルト？」

こくこくとうなずき、手の中にある夏久さんのぬくもりを自分の手に残そうとする。

今、夏久さんは子どもではなく私自身を見てくれている。それが言葉にできないくらい胸をいっぱいにしていく。気持ちが大きくなりすぎておかしくなりそうだ。

「いちごだけじゃなくてもいいです。フルーツいっぱいの……」

「わかった」

握ってくれていた手がほどける。もっと握っていてほしくて切ない。

夏久さんは立ち上がると、ソファの背にかけてあったジャケットを取った。

「買ってくる」

「えっ」

「夕飯は無理に食べなくていいから、待っててくれ」

「買ってくるって、そんな今から――」

私が止めるのも聞かず、夏久さんは足早に家を出ていった。ぽかんとしたまま、残された料理と大量のサプリメントを交互に見る。

　無理に食べなくてもいいと言われたけれど、このままでは料理が冷めてしまう。夏久さんだって食べている途中だった。それなのに、私のために食べたいものを買ってきてくれるという。

　さっき握られた手が少し熱い。私はそのぬくもりを知っていた。それはもう一度、触れたいと思っていたぬくもりだった。

　そしてもうひとつ。

　夏久さんはまた、あの夜のように名前を呼んでくれた。特別に感じたあのときと同じ響きで。

　たったそれだけのことが泣きたいくらいうれしくて、結局、我慢できずに少し泣いてしまった。

　外に出てすぐ、秘書に連絡を取る。

「橋本（はしもと）、頼みたいことがある」

『時間外労働として請求してもいいならどうぞ』

「二割増しで請求していい。――三十分後にうちまで来てくれ。近辺のケーキ屋を全部あたってから」

『はい？』

橋本は俺の中で数少ない信頼できる人間のひとりだった。

これまでに紹介した相手から『秘書ではなくボディーガードかと思った』と言われるほどの体躯をした大男な上、顔つきも強面でかなり近寄りがたい。おかげで、橋本を連れているとパーティーなどで女に声をかけられずにすんだ。

もちろん秘書として有能なこともあり、気づけばこんなふうに公私関係なく頼るようになっている。そのせいか、社長と秘書という関係にしては遠慮のないやり取りも恒例のことである。

「妻がいちごタルト……か、もしくはフルーツタルトを食べたがっている。だが、どういうものがいいかわからないんだ。だったら手あたり次第にケーキ屋を回って、数を用意するしかないだろう」

『そこは具体的にどこの店のものがいいか、聞くべきなのでは』

「どこの店のケーキが食べたいとかいう雰囲気じゃなかった。ただ、タルトが食べたいと」

『まあ、わかりました。三十分後ですね？』

「ああ、頼む」

『数に制限は？』

少し考えて、首を振る。大は小を兼ねると言う。ならばあればあるだけ用意した方が、彼女も選ぶものがあっていいだろう。

安心する顔を見たいから、金に糸目をつけるつもりはなかった。

「ない。どれを気に入るかわからないから、種類を揃えてくれ」

『そんなに用意して食べきれるんですか？』

「それは後で考える」

『お急ぎなんですか？』

気遣わしげというよりは、純粋な疑問として問いかけたという口ぶりだった。それを聞いて、自分がひどく焦っていたことを自覚する。

「ああ、急ぎだな」

『わかりました。では、また後ほど』

無駄話もなく、橋本は迅速に仕事をこなしに行った。俺もまた駅へ向かいながら、ほとんど無意識に唇を噛みしめる。

彼女が思いつめていることに気づけなかった。少しの変化も見逃さないよう、注意して見守っていたはずなのに。

最初に出会ったときから、彼女からは目が離せなかった。妊娠がわかり、結婚してからも変わらない姿を不安に思い、ますますそれが加速した。

放っておけば食事を取ることすら忘れてしまいそうで、きちんと見ていなければいけない気持ちになっていた。だから毎日のように食事をともにし、用意したものを取り入れているか確認して安心していた。

万が一のことがあったら、きっと自分のことを許せなくなる。

あの夜の出来事は彼女の策略だとしても、妊娠はイレギュラーだったと思っている。

そういう可能性があるとわかっていたからこそ避妊には気をつけたし、彼女がその点に関してなにかできるほど手馴れているようには思えなかった。思いたくなかったというのはあるが、この際置いておく。

彼女は妊娠し、今は妻として庇護下にある。それが事実なのだから。

妊娠したという話を聞いてから、ずいぶんと本やインターネットの情報を調べた。

父親としての心構えをするつもりもあったが、それ以上にどういった危険があるのか把握しておきたくて。

現代医療は昔に比べればはるかに優秀で、信頼が置けるものになっている。けれど、だからといって最悪の事態を迎える可能性もゼロではない。

もし、彼女になにかあったら。想像しただけで震えるほど恐ろしかった。たとえ愛がなくても彼女の側にいられればそれでいいのに、それさえ叶わなくなるなど考えたくもない。

ゼロではない可能性を限りなくゼロに近づけるため、なにができるか。危険から遠ざけ、不足しやすい栄養素を調べ、聞き、用意した。

彼女のためにと自分にできることをしてきたつもりだったが、先ほどのつらそうな顔を見て気づかされてしまった。

俺がしていたのは俺自身の不安を拭うためだけにやっていたことであって、彼女のためではなかった。一方的に庇護を押しつけ、まるで支配するように彼女を押し込んでいたのだ。彼女がそうした扱いを苦手としているのは、最初の夜の時点で知っていたというのに。

今、こうしてまた彼女のためにケーキ屋を駆け回って食べたいというタルトを揃えようとするのも、俺のためだ。

あんなふうにつらそうな顔をするところは見たくない。

——夏久さん、と言って、はにかむ顔が好きだった。

好きすぎてどうにかなってしまいそうなほど愛していたから、こんな結婚生活を受け入れているのだ。

一軒目のケーキ屋を発見して足早に駆け込む。

また笑ってくれるなら、店ごと買い占めてしまってもかまわなかった。

夏久さんが息を切らして帰ってきたのは、それから三十分ほど経ってからだった。

どさりと大量の袋がテーブルに置かれる。

「あの、これ……」

「買ってきた。好きなのを食べたらいい」

「いくつ買ってきたんですか？」

袋に入った箱を開けながら、おそるおそる確認する。

ひとつふたつなどというかわいらしい量ではない。これからフルーツタルトパーティーでもするのかと思うほどの量である。しかも箱を見る限り、複数の店を回ったようだった。

「数えてない。あるだけ用意したから」

「どうして、そんなに……」

「君がどれを食べたいのかわからなかったから。とりあえずありったけ用意すれば、なにかしら気に入るものがあるんじゃないかと思って」

だからといってこの量はどう考えてもやりすぎである。

せっかく買ってきてくれたのだから、多少無理してでも食べた方がいいだろうかと思ったとき、ひとつずつ種類の違うタルトが、私の中であるものと重なる。

視線の先にあるのは大量に用意されたサプリメントだった。

「どうした？　気に入りそうなのはなかったか？」

「えっ？　あ、いえ」

きらびやかな宝石にも似た、フルーツでいっぱいのタルトをそっと手に取る。それを皿に移して、フォークを取り出した。

「ええと……いただきます」

「うん」

夏久さんは食べないらしい。私が口に運ぶのを心配そうにじっと見てくる。ハラハラした様子が私にまで伝わってくるせいで、どうも落ち着かない。

それでも、あんなに食事に対して気が進まなかったのに、キラキラしたフルーツタルトは私の心を甘くくすぐった。

いちごにぶどう、キウイにブルーベリーといろいろな種類がのったタルトを前に、どのフルーツから食べようかわくわくした。悩んだ末、端にあるオレンジをフォークですくい、ひと口食べてみる。

「おいしい……！」

思わず声が出てしまった。ハッと口を押さえると、私を見つめていた夏久さんが安心したように笑っている。

「よかった」

つぶやいたひと言はタルトよりも甘い。おいしいと感じている私よりも、夏久さんの方がよほどうれしそうに見える。胸が締めつけられるのを感じながら、もうひと口運んだ。

「すごくおいしいです。どこのお店で買ったんですか？」

「駅前の店だ。期間限定らしいぞ」

平然と言う夏久さんに、すぐ返事ができなかった。

駅まで行けば、駅ビルの中や近辺のデパート、スーパーにケーキ屋がある。たしか個人経営の店もいくつかあったはずだ。

それをすべて回って、こんな量になるまでタルトを買ってきてくれたのだ。仕事を終えて疲れているにもかかわらず、妻だと認めていない女のために。

そこまでしてくれたという事実がうれしすぎて、おいしいフルーツどころではなくなる。

艶やかないちごを口に運んだ瞬間、ほろりと涙が落ちた。

「雪乃さん？　どうした？」

慌てたように夏久さんが私の顔を覗き込む。なにも言えなくて、首を横に振った。

「おいしくて……」

「泣くほどのことじゃないだろ？　そんなに好きなら取り寄せようか？」

「全部食べてからじゃないと腐っちゃいます……」

「ああ、うん。そうだな」

ケーキの賞味期限は短い。はたして腐る前に食べきれるのかどうか怪しい。

でも、全部食べたかった。食べたい、と今は思えた。

「……あ」

いつの間にか最初に選んだタルトは残りひと欠片になっていた。食べる手を止め、おそるおそる夏久さんに尋ねる。

「食べ終わったら、またサプリを飲まなきゃだめですよね……？」

「いや、もういい」

夏久さんが即答する。

「栄養の代わりにストレスをためてちゃ意味がない。貧血気味だと先生も言っていたし、鉄分だけは摂ってくれるとうれしいが」

「……はい」

「これからは俺が帰る前に食べたいものを連絡してくれ。買って帰るから」

申し訳なさそうにされ、私の方がワガママを言っているような気持ちになる。

「栄養より、君の希望を叶えるべきだったんだろう。たしかにこれじゃ薬漬けだ」

顔を上げると、目尻に残っていた涙が落ちていった。濡れた頬を夏久さんの指がすべる。

「ごめんな」

まっすぐ目を見つめて言われると、もう止まったと思った涙がまたあふれてしまう。

「大丈夫です。赤ちゃんを心配してるからだってわかってますから」

「いや、俺は……。まあ、間違ってはいないのか？」

軽く頭を引き寄せられた。ドキリと心臓が音を立てて、全身に緊張が走る。

夏久さんは私の頭を引き寄せたまま、ぽんぽんとなでてきた。

「あ、あの」

どうしてそんなふうに触れてくるのか、理由を知りたくて聞こうとする。でも、夏久さんはなにか勘違いしたようだった。

「ああ、食べづらいよな」

なでてくれていた手が離れてしまう。夏久さんのぬくもりも一緒に遠ざかった。

声をかけてしまった手前、なにか言わなければと口を開く。

「まだお礼を言ってなかったですよね。ありがとうございました」

「いいんだ」

こんなふうに扱われたら期待してしまう。

大量のサプリメントも、フルーツタルトも、私の体を考えてくれてのこと。必要だと思ったからそうしただけで、嫌がらせでもなんでもない。

しかも、触れてくれた。あの夜を思い出させるような、心を震わせる手つきで。

だめだと思うのに、また胸の奥でたしかな想いが生まれてしまう。

夏久さんが好きだ。嫌われても嫌いになれないくらい、どうしようもなく大好きだ。

また抱きしめてほしいと強く願う。だけど、言えない。

残ったタルトの最後のひと口は、ちょっとだけ切ない味がした。


あの日をきっかけに、夏久さんは毎日私に食べたいものを聞くようになった。

とくにないと言えば好きなものを買ってきて、なるべく私に楽しく食事をさせようとしてくる。

困ることと言えば、好きだと言ったものが連続して食卓に並びがちなところだった。限度がわからないというよりは、不足がないように備えすぎるのだと思う。それはサプリメントやフルーツタルトの例を見ていると理解できた。

洗濯物を取り込みながらタルトの甘酸っぱい味を思い出す。

大量のタルトは結局ほとんど夏久さんが食べる羽目になった。意外と甘いものがいけることと、かなりよく食べる人だということをそのときに知った。

だから最近は少し不安に思っている。

彼は毎日私に合わせて夕食を買ってきてくれるけれど、私が望むものは大抵あっさりしたものか、さっぱりしたものになる。よく食べる人ならば物足りないのではないだろうか。

それ以上に気になるのは食費である。連日外食しているのとほぼ変わらないのだから、当然かなりの出費になっているはずだ。心配して尋ねてみると、なにを言っているんだとでも言いたげな顔をされたけれど。

「この百倍食費を使っても養えるだけの収入はあるんだけどな」

そう言ったのを聞いて、そういえばお金持ちだったらしいということを思い出した。

夏久さんが実際にどれだけの収入を得ているのか、どのくらい貯金をしているのか、妻として聞くべきなのかどうか悩んでいる。

ただ、お金目あてに結婚を迫ったと思われている以上、ここに関しては触れない方が安全だろう。

あまり負担をかけたくないという気持ちはある。その思いを、これぐらいではまったく夏久さんの負担になっていないのだと無理やり納得させて忘れることにした。

ふわっと風が吹き抜ける。今日はいい天気だった。夏久さんが後で知って渋い顔をしないなら散歩にでも行っていたに違いない。

風に煽られる髪を押さえて、ベランダから遠くの景色を見る。マンションの最上階というだけあって、見晴らしは抜群だった。

と、そのとき、取り込む途中だった夏久さんのシャツがハンガーからはずれて、ふわりと飛んでくる。

「あっ……！」

落ちてしまわないように受け止めようとして失敗した。手をすり抜けたシャツは思いきり私の顔に着地する。

その瞬間、鼻腔をくすぐった香りに息をのんだ。

洗剤の香りに夏久さんの香りが混ざっている。ほとんど無意識にシャツをたぐり寄せ、深呼吸していた。ドキドキと鼓動が速くなっていく。

夏久さんと結ばれた夜、腕の中で感じた香りは〝幸せな匂い〟だった。息の仕方を忘れるくらい胸が苦しくなったことと、抱きしめてくれた腕のぬくもりを思い出してしまう。

私を呼ぶささやきも鮮明によみがえった。

ぎゅうっとシャツを抱きしめる。今は私が一方的にこうするだけで、夏久さんからのお返しはない。

結婚してから夏久さんが私に触れたのはたった三回だけ。それも、三回目は私を慰めるためのものだった。

また抱きしめてもらいたいという思いが、胸に込み上げる。

洗い立てのシャツは夏久さんの香りが遠くて、彼を完全に思い出させるには物足りない。それなのに残り香でさえ胸が苦しい。愛おしさが募って痛みさえ感じる。

たとえ彼にどう思われていようと、大切にしたいと思っている相手が子どもだけだとしても、妻として側にいさせてくれるのがうれしい。

幸せを胸いっぱいに思わせる香りが、私の気持ちをたしかなものに変えていく。

どうして誤解を解こうと思ったのか、妻として認めてもらいたかったのか。

夏久さんを好きだという思いは、あの夜よりもっと強くなっていた。

少しの希望

今日は定期健診の日だった。

同行した夏久さんは、やっぱり私以上に真剣に先生の話を聞いている。

「問題なし、ですね。元気に育っていますよ」

「そうですか……。よかったです」

少し大きくなり始めたおなかを、夏久さんが優しい目で見つめてくる。

そのことにきゅんとしたけれど、すぐに考え直した。見つめられているのは子どもであって、私じゃない。

「食事には気をつけているんですが、これからほかにするべきことなどありますか？」

「そう今までの生活と大きく変える必要はありませんよ」

相変わらず夏久さんは私の代わりに話をしてしまう。おかげで私から先生に聞くことがなにもない。

それがちょっとだけおかしくて、そんな夏久さんをまた好きだと感じた。

「ああ、ひとつだけ」

「なんですか？」

先生が思い出したように言うと、夏久さんが心配そうに身を乗り出す。子どもに関しては本当に大切に思ってくれているのだと、そういう態度から感じ取れた。

側にいてこんなに心強い旦那さんはなかなかいないだろう。たとえ愛のない夫婦であっても、夏久さんの妻でよかったと思う。そっとおなかをなでながら、素敵な父親でよかったねと心の中で伝えた。

「適度な運動を心がけるようにしてください。散歩程度で大丈夫です」

「エレベーターじゃなく階段を使って歩くような？　それは危ないんじゃないでしょうか」

真剣な顔で言う夏久さんに、先生はやんわりと答える。

「うん、そこまでいくとちょっとがんばりすぎですね。エレベーターは普通に使って大丈夫です。後はお母さんの調子に任せましょう。運動は？　お好きですか？」

「あ……はい」

話を振られて慌てて応える。

「好きと言っても、本当に公園を歩いたりという程度ですが……」

「うんうん、十分です。そういう運動をこれからは意識的にできるといいですね」

「動き回って大丈夫でしょうか」

さらに質問した夏久さんを先生が見つめた。落ち着いてほしいと顔に書いてあるように見えて、こっそり同意しておく。

気持ちはありがたいけれど、夏久さんは過保護だ。

「お父さんは心配性ですね。お母さんはこれからもっともっと強くなっていくんです。だからもっと信用して大丈夫ですよ」

信用という言葉が染みたのは、きっと私だけではない。私たちの間にないものがその言葉だった。

「それでも心配なら、一緒に外出するといいでしょう。最近はいいお天気が続いていますし、無理のない範囲でおおいに運動してください」

病院からの帰り道、いつもはタクシーなのに今日は歩きだった。さっそく夏久さんは先生の言ったことを実践するつもりらしい。

私としてもありがたい話だった。駅までの道のりは遠くない。しかも今日はちょうどいいお散歩日和である。

「今日もついてきてくれて、ありがとうございました」

「子どもの父親として当然のことだろ」

「だけど、忙しいのに」

「それはそれ、これはこれだ」

夏久さんは休日でも家で仕事をすることが多い。基本的に家にいるときは自室にこもってしまうから、なにをしているかまでは知らなかったけれど。家にいるとそうは見えないものの、夏久さんは一企業の社長だ。なにかとやることが多く、忙しいのだろう。

といっても、私が夏久さんの社長らしい姿を見たことは一度もない。仕事している姿は見ないし、かっこよくスーツを着ているところも知らない。しいて言うのなら、名前を検索したときに出てきた写真ぐらいだろうか。

初めて会ったときに着崩していたけれど、あの姿は家にいるときも変わらなかった。それなのに、だらしなく見えないのは不思議である。それどころか、私の目にはますます魅力的に映るくらいだった。そんな夏久さんがびしっとスーツで決めた姿はきっと素敵だろう。

社長という役職にある人がどんな仕事をするのか、事務だった私には具体的なイメージが湧かない。

ただ、あまり気が休まらないポジションだろうとは思っている。家にいても電話がかかってくることが多いし、急に出かけることも少なくはなかったからだ。

ゆっくり歩きながら肩を並べ、夏久さんに尋ねる。

「今日はこの後、家でお仕事ですか？」

「とくに用事がないならそうだな」

以前に比べればあたりがやわらかくなった気がする。それでも私との距離はあるし、目もあまり合わせてくれない。

うれしいと思うことが増えれば増えるほど、こういうちょっとした場面で寂しいと感じることも増えた。定期健診に付き合ってくれるだけでも十分なのに、どんどんワガママになっているらしい。

先生が散歩を提案してくれたから、夏久さんを誘ってみようかとも思った。

でも、それはずるい気もする。子どものためだと言えば承諾してくれるだろうけれど、そうでなければ夏久さんは私なんかと散歩などしたがらない。

それこそ、子どもを盾にして強要する行為だ。

この人にこれ以上嫌われたくはない。ちょっとしたデートを楽しみたいと思う気持ちは引っ込めておく。

私たちの足音だけがゆっくり繰り返される。

私が話しかけなければ夏久さんは話してくれない。初めて出会ったときは沈黙も心地よかったのに、今はひたすら息苦しかった。

だから今日も私から声をかける。

「あの……もし時間があるなら、ちょっとだけ寄り道をしていくのは……」

一緒に散歩をしようとまでは言わない。夏久さんが断れるように言葉を選びながら告げるけれど、すぐに返事はなかった。

数歩歩いて、ようやく口を開いてくれる。

「俺が君に付き合うのは、子どもの父親として責任を果たすべきだと思っているからであって、それ以上の意味はないんだ。なにか期待しているようなら、やめてくれ」

拒絶の言葉は予想できていたはずなのに、息ができなくなるほどショックを受ける。

喉が震えた。気を抜けば、泣いてしまう。

「ごめんなさい」

結婚してから少しは距離が縮まったのだと思っていた。そう思いたかっただけなのだと、冷たい言葉で思い知る。

誤解は解けていないし、妻としてなにもできていないのだから当然である。自分の甘さに苦い思いを抱きながら、無理に笑ってみせた。

「これ以上お願いするのは図々しかったですね。もうすでにいろいろしていただいているのに」

夏久さんは肯定も否定もしなかった。だけど今さっきの言葉が心のすべてを表している。

私は図々しかった。与えられているものだけで満足すればいいのに、夏久さんの気持ちも考えず自分の望みを口にしてしまった。

ごめんなさいともう一度つぶやく。なにか言おうとした夏久さんを止めた。

「……」

「大丈夫です。でも外に出るなとは言わないでくださいね。先生もああ言っていましたし」

夏久さんの顔を見ないまま、うつむかないように前だけを見る。瞬きはしない。すれば涙が止まらなくなる。

正面からさえ見られなければ、夏久さんだって私がどんな顔をしているか気づかないに違いない。だから視線を感じてもそちらは向かなかった。

止まりそうになる足を無理に動かして歩いていると、小さなため息が聞こえた。

「出てもあまり家を離れるなよ」

「じゃあ、出かけても公園までにします」

「そうしてくれると助かる」

家の近くには大きな公園がある。朝や夕方にはジョギングをする人がおり、昼頃は子どもたちの笑い声が絶えない。公園の中心には大きな池があり、時期によっては蓮の花が咲くとのことだった。

あの池の周りをぐるりと一周すればいい運動になるだろう。

本当は今日、夏久さんとふたりで行ってみたい。だけどさっき拒まれてしまった。

私に付き合うのは責任を果たすための行為でしかないからと。

その事実を受け止めようとすると鼻の奥がつんとする。

自分でもどうすればいいかわからないまま、流されて今日まで来てしまったせいで、誤解を解く方法を考えたことがなかった。まずはそこから変えていかなければならないのに、どんな言葉を伝えれば夏久さんにわかってもらえるのかわからない。

今、彼の中で私は詐欺師と変わらない扱いだろう。資産目あてにベッドをともにし、妊娠して結婚を迫った——と見ているのだから。

夏久さんの持っているものは想像以上に大きい。それによっていいことも悪いことも——おそらくはとくに悪いことの経験が多かったのだろうと予想できる。

そこまで考えてから、ああと小さくつぶやきがこぼれた。

私は夏久さんのことをなにも知らない。どんな経験によって、お金目あての結婚だと私を誤解するようになったのか。会社ではなにをしているのか、どんな人と働いているのか。彼の実家に至っては、資産家だという以外、どんな家族がいるかすらわからないのだ。

出会ったときからずっと、夏久さんは自分のことを語っていない。ただひと言だけ、抱えているものを臭わせはしたけれど。

——俺も素直にそう言えるような人生を歩みたかったな。

私を大切に育ててくれた父が褒められているみたいで誇らしくなる——と私が言ったときのことだった。

あの日も距離が縮まったと思っていたのは私だけで、最初から遠いところにいたのかもしれない。

私が知っているのは一条夏久という名前と、彼の立場と、年齢と。

それから、冷たく接してくる今でも気遣いを見せるくらい優しい人だということ。

そっとおなかに手をあてる。あの夜をあやまちと呼べないのは、生まれて初めて感じた幸せな夜だったからだ。そして、それを与えてくれたのは夏久さんである。

　この気持ちだけは知っていてほしくて、夏久さんの顔は見ずに名前を呼ぶ。

「夏久さん」

「なんだ？」

「私……あの夜は幸せでしたよ」

　夏久さんからすれば、なにを突然と思うに違いない。でも、今言っておきたい気がした。

「本当に幸せだったんです」

　夏久さんはしばらく返事をしなかった。やがて思い出したようにぽつりと言う。

「そうか」

　返事はそれだけで、夏久さんがどう思っていたかは教えてもらえなかった。

　白々しいと思ったのか、嘘つきだと思ったのか、どちらにせよ信じてもらえてはいないだろう。

　目の前がじんわりにじむ。

　気持ちを知ってさえもらえればいいと思ったけれど、それは嘘だったようだ。私はこの気持ちを信じてほしかった。あの夜に策略などかけらもないことをわかってほしかった。

伝わってほしい人に伝わらないもどかしさが切なくて、いっそ思いきり泣いてしまいたくなる。そうしないのは、夏久さんに嫌われたくないからだった。


気まずい沈黙が下りたまま、駅についてしまった。

私の体を気遣ってエレベーターを呼んでくれはしても、そこにあるのは義務と責任だけで、心はどこにもない。

エレベーターに乗り込むと、ふたりきりになった。改札階からホームへ上がるだけなのに、その短い時間がとても長く感じられる。

「やっぱり車で帰ればよかったな」

なにを思って夏久さんがそう言ったのかわからなかったけれど、この気まずい時間を心地よいものだと感じていないのは間違いなかった。

その後はガラガラの電車に乗り、しばらく揺られる。

会話はなかった。なにを話していいかもわからなかった。


以前より冷めた日々を送っていたある日のことだった。

週末を迎え、私はすっかり日課になった散歩へ出ようとする。

最初、夏久さんは時間が許す限り、ついてこようとしてくれていた。本当は甘えたかったし、一緒に外を歩きたかったけれど、突き放されたときの言葉が頭から消えなくて、結局断るようになった。

何度も断っているうち、夏久さんも同行しようとは言わなくなった。外出しようとする私をなにか言いたげに見送るだけで。

今日もそれは変わらない。ひとりで出かけて、ひとりで帰ってくる。これ以上勘違いしないために、夏久さんを望まない。

寂しくてたまらないけれど、どうしようもできなかった。

玄関で靴を履いていると、ちょうど部屋から出てきた夏久さんと目が合った。

「どこへ行くんだ」

「お散歩に行ってきます。今日もいい天気なので」

一緒にどうですかという願いがこぼれてしまわないよう、答えてすぐ口を閉じる。

「お昼までには帰ります」

見つめられていることが落ち着かなくて、もうひと言だけ告げた。

この空気から逃げようと背を向ける。ドアを開ける直前、近づく足音が聞こえた。

振り返ると、夏久さんがこちらまで来ている。

「どうかしましたか……？」

「毎日、この近所だけで飽きないのか？」

「たしかに飽きますけど、どちらにせよあんまり遠出はできませんから」

「悪い。あまり遠くへ行くなと言ったのは俺だったな」

「気にしてませんよ」

別に夏久さんを責めたつもりはなかった。遠出できないのはルールを守っているからというのもあるけれど、それ以上に体力がもたないからだ。休憩しながらであれば問題ないとはいえ、妊娠前よりずっと疲れやすくなった自分を残念に思う。

話はそれで終わりかとおもったのに、夏久さんは部屋に戻るわけでも外へ出ようとするわけでもなく、ただ立ち尽くしていた。

どうかしたのだろうかと疑問を覚える。私が外へ出るのを見送るつもりだろうか。

「あの……？」

「どこか行くか」

ぴったり同じタイミングで声が重なってしまった。あんまりにも揃いすぎて、少しだけ笑ってしまう。

驚いたことに、夏久さんもふっと頬を緩ませた。もっとも、私がそれに気づいた瞬間、真顔に戻ってしまったけれど。

「すみません、遮ってしまって。なんですか？」

「いや、少し遠出でもしたいかと思って」

「でも、お仕事が……」

「今日はもういい」

ますます疑問が大きくなる。もういいという言い方から、今日こなす分がすべて終わったとは受け取りにくい。となると夏久さんは私のために時間をつくろうとしていることになるけれど、もう素直には喜ばなかった。

希望はなるべく抱かない方がいい。また突き放されたときに悲しすぎるから。

「この中で行きたい場所は？」

夏久さんがスマホを差し出してくる。

画面に映っているのは、最初からインストールされているメモアプリだった。

以前テレビで紹介されていた公園に、ここから車で一時間ほどの海岸。登山初心者におすすめの山や、澄んだ水と川魚が有名な川辺のキャンプ場など、散歩にちょうどよさそうな場所から、がっつりアウトドアを行うような場所までリストアップされている。

「これ……」

「運動が好きだって言ってただろ。だからいろいろ調べておいた」

淡々と言っているようで、気まずさが滲んでいる。

定期健診で先生に「運動は好きか」と聞かれたとき、たしかに私は好きだと答えた。散歩程度の軽いものだとも言った気がするけれど、夏久さんはあのときの話を覚えていたらしい。

こういう優しさを見せるから、私が期待するのだと本人もわかっているのだろう。

心配しなくても必要以上には期待しない。今はうれしいのではなく、悲しくなる。

結局のところ、サプリメントやタルトと同じなのだ。その優しさは私のものではなく、彼の子どものもの。

喜ぶべきではないかもしれないけれど、心は勝手に浮き立ってしまう。こんなにもいろいろ、忙しい合間を縫って調べてくれたのだと思うと。

「後はここだな」

夏久さんがスマホの画面を操作する。横から覗き込んでいると、次のページに写真付きで島の情報が現れた。

「別荘がある。プライベートでゆっくりしたいなら、そこが一番いい。こっちより暖かいしな」

「こんな場所が……」

写真に写った海はエメラルドグリーンで透き通っている。色とりどりの魚はかわいらしい。写真ではなく本物を目の前で見てみたい。

「しばらくそっちで静養する形でもいい。なにかあったとき、いつもの先生は呼べないが」

散歩コースぐらいならまだしも、島まで調べているとは思っていなかった。驚く私に、夏久さんは次から次へと外出先を提案する。

説明は細かく丁寧で、かなり時間をかけて調べてくれたことがよくわかった。だめだとわかっているのにまた期待しそうになる自分がいる。うれしいことをうれしいと思わないようにするのは、とても難しい。

「行きたい場所があるなら連れていこう」

もう一度リストを見てから、夏久さんへ視線を向ける。

まだ知らない夏久さんを知るには、こういうときに聞いてみるしかない。どうせなら彼が楽しめる場所を選びたかった。

「夏久さんは？　行ってみたい場所ってありますか？」

「今は君の話をしてるんだ」

「でも」

頭の中で夏久さんの提案を組み立て——少しだけそこに自分の願望を乗せる。

「初めてふたりで出かける場所、だから」

夏久さんが目を見開いて絶句した。咄嗟に視線を下げて顔を見ないようにする。

驚いたくらいならいいけれど、また勘違いしているのかと嫌悪の表情を浮かべるかもしれない。自分が嫌われる瞬間はつらすぎて見たくなかった。

「ごめんなさい。デートみたいだなって……思いたくて……」

声が震えて小さくなっていく。まだ否定されたわけでもないのに目が潤むのを感じ、慌てて下を向いた。

最近の私はすぐ泣きそうになってばかりだ。妊娠の影響でメンタルが不安定にでもなっているのだろうか。

泣かないよう、会話に集中しようとする。夏久さんがなにも言わないなら、私が話すしかない。

「だから夏久さんの意見も聞きたいと思ったんです。いつも私の希望を叶えてくれてばっかりでしたし……」

顔を下に向けて失敗したと思った。涙の膜が目を覆って、こらえきれずこぼれそうになる。

夏久さんはしばらく黙ってから、どんな表情なのか悟らせない、感情を殺した声で言った。

「俺に行きたい場所なんかないよ。どこでもいい」

「じゃあ、行ったことのない場所は?」

なにげない問いかけだった。言ってしまってから、答えをもらえないだろうと覚悟したのに――。

「……遊園地かな」

「え……?」

「あ、いや」

思ってもいなかった返答に涙が引っ込む。顔を上げると、夏久さんは困った顔をしていた。

「行ったことがない場所って言われて、思いついたのがそれだけだったんだ。とくに深い意味はないからな」

「遊園地、行きたいです」

これは引きたくないと思いながら、はっきり言う。

「なにを……」

「一緒に行きたいです」

きっと嫌がられるだろうし、あきれられる。それを知っていてなお、私は自分の希望を撤回しなかった。初めて〝夜遊び〟しようと外へ出たときの勇気を、父にひとり暮らしがしたいと言ったときの勇気を思い出す。

「私とデートしてください。一回だけでいいので」

あえてデートという言い方をしてみる。夏久さんは絶対に嫌がるだろうけど、どうせ遊園地に行くならそう思いたい。

案の定、夏久さんはあきれたように顔をしかめた。

「なにを言ってるんだ」

「だって、夏久さんのことをなにも知らないです。これから母親になるのに、子どもの父親についてわからないなんて」

「その手段がデートか？　別に俺のことならネットで調べればいくらでも……」

「夏久さんも私のことを知ってください」

そこまで言うつもりはなかったのに、気づけば唇から言葉がこぼれ出ていた。

夏久さんの顔が今度は不快そうにゆがむ。

「君のことならよく知ってる」

感情をシャットアウトしたような淡々とした口調で言われる。それがとても気に入らなくて、私も口調がきつくなった。

「そんなの嘘です。だって全部誤解ですから」

「そう言う以外にないだろうな」

わざとらしくため息をつかれてむっとする。頭がカッと熱くなり、このわからず屋に文句を言ってやろうとしたときだった。

不快そうにしかめられていた顔が緩み、苦笑に変わる。

ドキリと心臓が音を立てた。その顔はずるい。私の好きな顔だから。

おかげで言おうと思った文句が全部喉の奥に引っ込んだ。

「君が意外と行動派なのを忘れてた。家を飛び出して夜遊びするような人なのにな」

「それはちょっと語弊があります」

「あの夜も誘ってきたのは君だったしな」

夏久さんが言っているのは、引き留めようと手を伸ばしてしまったあれのことだろう。誘ったつもりはないけれど、そう受け取られていたのだと知る。

その誤解はとても寂しい。

「今、意外と頑固で面倒な性格らしいことも知ったよ」

「そんな言い方……」

「そこまで言うなら付き合う。好きにしてくれ」

数秒前の発言はともかく、まさか許されると思わなくて目を丸くする。

「本当に……？」

「ただし、俺はデートだと思わない。君の気晴らしと運動を兼ねた、単なる外出だからな。たとえ場所が遊園地だろうと、だ」

「わかりました」

とても、とてもうれしかった。どんな気持ちでいるにせよ、夏久さんが一緒に遊園地へ行ってくれる。

でも、苦々しい顔を見てはしゃぎそうになった気持ちがしゅんと萎んだ。

「ごめんなさい、困らせて」

「ああ、本当にな」

強引すぎたワガママを今さら後悔する。

夏久さんは私の――子どものためにいろいろと心を砕いてくれている。

デートなんておこがましい。以前、自分で言ったように図々しいことだった。遠慮こそすれ、これ以上願うなんてしてはいけなかったのに。

その特別な日は思い出に残るだろうけれど、同時に癒えない傷も心に残しそうだった。ふたりでいても心が寄り添っていない事実を突きつけられそうで。

一方的な、最初で最後のデート。

それをうれしく思いながらも悲しく感じるのは、ホルモンバランスが乱れているせいだろうか――。

予行練習

「社長」

急に呼びかけられ、思わずがたっと大きな音を立ててしまう。気分はすっかり自宅だった。しかしここはオフィスの社長室で、俺は今仕事中である。

声をかけてきたのは秘書の橋本だった。額を押さえて首を振り、意識を仕事に戻す。

「悪い。なんだ？」

「とくに用事があったわけではありませんが、朝からずっとぼんやりしているようでしたので」

橋本が心配そうに聞いてくる。社内で風邪が流行っているらしいという話があったからかもしれない。

「いや、体調不良ってわけじゃないんだ。ただ……いろいろ考え事をしていただけで」

「なにかお悩みですか？」

「って言われると、それはそれで困るんだけどな」

曖昧に濁すと、呼ばれるまで頭を占めていた内容を再び脳内によみがえらせた。

およそ一週間前、結婚してからなお俺に複雑な思いを抱かせる妻の雪乃さんからデートに誘われた。

『私とデートしてください。一回だけでいいので』

あの言葉が今も鮮明に残っていて、気づけばそのことばかり考えてしまっている。

ただの外出のつもりが、予期せずデートになってしまった。

まだ俺は彼女とどう接すればいいのか答えを見つけていない。妊娠を盾に結婚を迫ったようなひどい人なのだから、これまで通り妻として認めず冷たく突き放せばいいとは思う。

だけど俺は果たして彼女に冷たく接し続けられているだろうか。気づけばいつも目で追ってしまい、一挙一動が気になってしょうがないというのに。

愛してくれない人を愛し続けるのはつらい。もしかしたら愛してもらえるかもしれないと期待するのも怖い。その期待が裏切られるものだということは、三十を過ぎてもまだ俺をひとりの人間として見ない両親から嫌というほど学んだ。

いっそ、本当に彼女を嫌いになれればよかった。そうすれば徹底的に突き放せたに違いない。

期待するな、勘違いするなと自分に言い聞かせるようにして彼女へなにかを告げるたび、いつも傷ついた顔をされるのが悲しかった。そんな顔をさせているのは俺だというのに、だ。

雪乃さんはデートにこだわっていた。

だけど俺はデートだと思いたくない。

彼女は演技をしている。本当に結婚したかったのは俺ではなく俺の持つ立場や資産なのに、俺自身を好いているようなそぶりを見せる。

このデートも演技のひとつに違いない。そこで俺を懐柔しようとしているのではないだろうか。俺が何度か想いを抑えきれずに抱きしめたり、冷たく接しきれなかったことに気づいているだろうから、絆すのも難しくはないと思っていそうだ。

あれこれと考えて自分が嫌になる。

たぶん俺は、彼女を悪者だと思おうとしている。そうすれば自分が傷つかずに済むからだ。

この面倒な思考をすべて取り払えば、残るのは雪乃さんを信じて一から夫婦になりたいという思いだけだろう。

もうそれでいいんじゃないかと頭の中でささやく自分自身の声を否定する。

かたくなになっている自覚はあった。奇跡のような夜だと思ったあの夜を、彼女が泥で汚したと感じているせいだ。

初めて心惹かれた人による裏切りを、俺は許せそうにない。

吐いた息が思いがけず大きく響いた。側で控えていた橋本が微かに身じろぎする。

顔を上げると、いつの間に用意していたのか、コーヒーを差し出される。

「少し、休んでは」

「悪い」

身を案じる言葉には返答せず、礼だけ伝えた。

淹れたての熱いコーヒーを口に運び、気持ちを落ち着かせようとする。

いい香りだった。こういう苦めのコーヒーが、大量のタルトを食べたあのときに用意されていればよかったのに。

そう考えて苦笑する。結局雪乃さんが頭から離れてくれない。

それならばいっそ橋本に意見を聞いてみようかと、コーヒーを半分ほど飲んでから思いついた。

「ちょっと相談してもいいか？」

「なんでしょう」

「その……なんだ。奥さんと初めてデートしたとき、どこでなにをした？」

こんな質問を仕事中にしてしまったせいで、ひどく気まずい思いをする。橋本の顔も当然見ることができず、コーヒーを味わうふりをしてごまかした。

「それは……業務に関係あることではないですよね」

「まあ、そうだな」

「もしかして、奥様とデートをしたことがないんですか？」

橋本が驚いたように言う。ありえないと顔にわかりやすく書いてあった。

「今、俺の話はしていないだろ」

「ずっとぼんやりしていたのは、まさかデートのことを考えていたからでは……」

図星を突かれて一瞬言葉に詰まった。

「俺はデートだと思ってない」

すぐに言いきって、持っていたマグカップをデスクに置く。

橋本に言っても意味がないことを、口にしてしまってから思い出した。

「ただ、純粋に……好奇心だ。うん」

「奥様とデートをしたことがないんですね」

「しつこいぞ」

「行き先はもう決まっているんですか？」

「だからデートじゃない」

興味を惹かれた様子で突っ込んでくる橋本に苛立ちを覚える。

「じゃあ、外出先という言い方に変えます。あまり意味はないと思いますが」

普段あれだけ強面で他人から敬遠されがちな橋本が、今はどことなくうきうきと楽しそうに目を輝かせている。

他人の色恋沙汰をどうしてそこまで楽しめるのか理解に苦しむ。それでもうらやましさはあった。俺がそんなふうになにかを楽しもうとしたのは、いつが最後だったか。娯楽を享受できるのは心に余裕があるからだ。そして、橋本と対照的に俺はその余裕がない。

「で、どうなんだ」

「妻がデートだったと思っているかはわかりませんが、自分の中では初めて夕食に誘われたあのときがそうだったと思っています。なんてことのない、普通のチェーン店でしたよ。そのときにはもう意識していたので、こっちはずっと緊張していました。なのに向こうはそんなことも考えず、好き勝手話しかけてきて」

「つまり、チェーン店で夕飯を食べただけなんだな」

「まとめるとそうですね。何度かそういう時間を繰り返して、向こうから告白されました」

「別にそこまでは聞いてないからな？」

「それは失礼しました」

悪びれた様子もなく言った橋本は、当時を思い出しているのか優しい表情になっている。おそらく、この顔を引き出せるのは妻その人だけなのだろう。

雪乃さんにもこういう顔があるのかどうかが気になった。

もしかしたら俺の知らないところで、楽しそうに笑っているのかもしれない。誰かを優しく見つめて微笑んでいるのかもしれない。

ちりっと痛んだ胸を手で押さえる。俺の知らない雪乃さんを知っている人間は当然いるだろう。それがおもしろくなかった。

彼女の〝特別〟は俺のものであってほしい。狂おしいくらい強く思う時点で、やはり俺は彼女が好きなのだとつらくなる。

彼女の〝特別〟が欲しいのに、こちらの〝信用〟は与えない。それは一方的で、独善的で、自分勝手な行為だと感じる。ならば〝信用〟を与えられるかといえばそうはならない。

雪乃さんを信じきれないのに、愛してほしいと願う。信じきれないからこそ、好意に見える仕草のひとつひとつは、本心からくるものだと信じて安心したくなる。

演技ではないと思う。だが、演技だと突き放したい自分もいる。まだ、俺の中で雪乃さんについて答えは出ていない。

「遊園地や水族館に行った経験は？」

考えを振り払って橋本に尋ねてみる。

「ありますよ。それも妻からの誘いでした」

「自分から誘ったことはあるのか？」

「一度だけ。プロポーズしようと思ったときですね。なのにこちらがする前に、結局妻からされてしまいました。それもいい思い出ですが」

懐かしそうに言われて嫉妬心が芽生える。俺には雪乃さんとの幸せな思い出なんてない。初めて出会った夜も、今は苦い記憶のひとつだ。

「ちょいちょいのろけなくていいぞ」

「社長以外に話す相手がいないので、つい調子に乗ってしまいますね」

「まったく」

うらやましいと思う自分が虚しかった。きっとこんな夫婦になる未来もあったはずなのに、それを最初の段階で振り払ったのはほかでもない自分自身だ。

本当にそうだろうかと考え直す。先にその未来を奪ったのは彼女の方ではないかと。ボタンをかけ違えるように、少しずつ狂って今がある。デートをしたいと言われても、素直に喜べない今が。

「遊園地で楽しかったことってあるか？」

再び質問した俺に、橋本はなんとも言いがたい顔をする。

「のろけを聞きたいのか、そうじゃないのかどっちなんです？」

「のろけなくていいから、事実として教えてくれ」

なにをすれば彼女は楽しく過ごせるのだろう。

常に頭の中から消えなかったそれが、はっきり形になって浮かび上がる。喜ばせる必要はないのだと否定する心もまた、一緒に。

「なにが楽しいかは人によって変わるものだと思います。……ので、デートに関することも含め、奥様ご本人に聞くのがよろしいかと」

それができれば苦労はしない。そして何度も言うようだが彼女との外出はデートではない。

その言葉をぐっとのみ込み、空になったマグカップへ目を向けた。

「既婚者なんだから、少しは聞かせてくれてもいいだろ」

「既婚者だからこそ、あまり他人の言葉に耳を傾けない方がいいことも知っているんです」

妙に説得力がある。口をつぐむと、橋本は言葉を選ぶようにして続けた。

「大切なのは社長の……一条さんの気持ちだと思いますよ。デートのつもりはないとのことですが」

「いちいちひと言多いんだ。いい加減、仕事に戻るぞ」

「はい」

返事の前に少し笑われる。心の内にある迷いや気まずさを見抜かれたようで落ち着かない。

宣言通り今度こそ仕事に戻り、決済が必要な書類を確認する。雑念を一度言葉にして表に出したからだろうか、仕事の進みは早かった。

その夜、いつものように雪乃さんと夕飯をともにした。

無理にサプリメントを飲まなくなったからか、以前より食事量が増している。最初は食べすぎではないかと心配もしたが、彼女としては「赤ちゃんの分も食べているんです」とのことだった。こっそり医者に確認したところ、どうやら問題はなさそうだというのもあって今は好きにさせている。

今日、雪乃さんが連絡してきたメニューは蒸し鶏とお粥だった。さっぱりしているとまでは言わないが、味の濃くないものを食べたかったらしい。

食欲がないと言っていたのはなんだったのか、俺でも驚くほどよく食べる。次から次へと皿が空になるのは衝撃的だったけれど、同時に微笑ましくもなった。

彼女のために用意するものは、決まって購入した総菜だ。ひと言も文句は言われないが、総菜は太りやすいという話もあって最近不安に感じている。

あまり体重が増えると歩行に影響が出るのではないだろうか。もし本当に遊園地へ行くつもりなら、この調子で食べさせ続けない方がいいのかもしれない。しかしそれがまたストレスになる可能性もあった。

俺にはなにができるのか、ひたすら頭を悩ませる。

「夏久さん？」

気づけば、雪乃さんに顔を覗き込まれていた。距離がそれほど近いわけではないのに、ぎょっとしてしまう。

「なんだ？　どうした？」

「手が止まっていたので、食欲がないのかと……」

「いや、そうじゃないんだ。考え事をしていただけで」

同じ返答を昼にもしたのを思い出す。橋本と同じく、雪乃さんの表情からも心配しているのがうかがえた。

「仕事でいろいろ面倒な処理があったんだ。それだけだよ」

「そうですか……。なにか手伝えることがあったらよかったんですけど」

気持ちがうれしくてありがとうと言いそうになる。素直に口に出せなくて、心の中で思うだけにとどまった。

「あまり無理をしないでくださいね。ゆっくりお休みでも取れたら——あ、そのお休みを私がいただく形になってるんです……よね……?」

言いながら気づいたらしく、見る見るうちに申し訳なさそうな顔になる。

彼女が言っているのは遊園地に行く日のことだろう。

そう考えて首を横に振る。

「水曜日に半休を取ってる。心配しなくても休みは適当に取っているから」

橋本に勧められての休みだとは言わない。ゆっくり妻と過ごしてみたらと提案されたことも言わない。本当は雪乃さんにも伝えず、適当に時間を過ごすつもりだった。

それがどうして、口を突いて出てしまったのか——。

「だったらよかったです」

ほっとしたように言うのを見て、なぜ彼女を安心させてしまったのか、また自分のことがわからなくなる。

いつもそうだった。彼女が悲しそうな顔をすると笑わせたいと思い、寂しそうにしていると励ましたくなる。

俺を騙すようなひどい女性だと思うのに、好きだから心を配ってしまう。いっそ自分の気持ちを素直に認めればいいのかもしれないけれど、あと一歩を踏み出す勇気がない。

「半休の話に関連してるんだが、その日の予定は？」

「え？　とくになにも……。ちょっとお散歩に出るくらいです」

「俺も一緒に行っていいか？」

「えっ」

この提案は間違っていないと自分に言い聞かせる。

休みの話をしてしまったからには、なにかしら雪乃さんと接する時間を取るべきだろうと。別に自分がそうしたいからではない——と、今度は言い聞かせるのではなく言い訳をした。

「いきなり遊園地に行くと言っても、体力的に心配だ。前は散歩にも同行してたが、今は違うだろ。どれだけ運動できる状態か知らないし、普段の散歩コースもたしかめたいから」

もっともらしい理由が、非常に空虚に感じられたのはきっと気のせいだ。

「じゃあ、水曜日に案内しますね。半休は午前ですか？　午後？」

「午後だ。昼は済ませてくる」

「わかりました。なら……ええと、どこで待ち合わせましょう？」

「家で待っていてくれ」

当然のように待ち合わせ場所を決めようとした彼女に内心あきれる。本人はきょとんとしているが、なぜ動き回ろうとするのかわからない。

家から出て三十秒のところで待ち合わせると言われても、俺は首を縦に振らないだろう。知らないところで雪乃さんになにかがあるかもしれない確率は、できる限り下げたい。

「わかりました。家にいますね」

そう言った彼女が、少し声を弾ませて続けた。

「がんばって案内するので、楽しみにしていてください」

朗らかな笑みを見て胸がざわつく。

「別に楽しみにするようなことじゃない」

素直になれない子どものようだと自分で思ってしまった。

踏み出せば、雪乃さんは受け入れるだろう。

それが本心だという実感が欲しい。彼女を信じていいという確信が欲しい。

遊園地の予定と同じく、これもデートではない。

俺がそう言い聞かせたのは雪乃さんではなく、自分だ。

彼女のうれしそうな顔はきっと演技で、ふたりで過ごす時間を純粋にうれしく感じているわけではない。——そう思っておいた方がいい。線さえ引いておけば、後で傷つくこともないのだから。

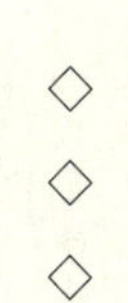

待ちに待った水曜日。思いがけず、遊園地デートの前にふたりで外出することになった。昨日の夜は寝つけなかったと言ったら、きっと夏久さんは怒るだろう。
でも今なら説教さえうれしいと思える自信がある。

朝はいつもと変わりなく訪れた。見送るとき、今日は私を振り返ってくれたのがうれしかった。

「じゃあ、また午後に」

「はい」

夏久さんを会社へ送った後にすぐ自室へ向かう。タンスの中身をひっくり返し、どの服がいいのかを吟味するつもりだった。

ひとりで勝手に浮かれている自覚はある。私がおしゃれをしてみせたところで、夏久さんはなにも言わないだろうということもわかっている。

でも、私のおしゃれは夏久さんの反応のためだけではないつもりだった。私が好きな人の前で下手な格好をしたくないだけ。

ゆったりしたスカートにするか、歩きやすいようにパンツスタイルがいいか。あれこれとコーディネートを考えながら、いくつか頭の中で組み合わせてみる。

イメージした服をまとめ、着てみてから改めて選び直そうとしたけれど。

「……っ、う」

入らない。

動きやすさを重視したスポーティーなパンツスタイル。軽い生地のシャツに七分丈のスキニージーンズと、悪くない選択だと思えたのに――。

「う、う……」

おなかがきつくなるのは予想していたけれど、まさか足もこんなにむくむとは思わなかった。

思えば、病院で先生がむくみに気をつけるよう言っていた。もう少し早く思い出していれば、久々に取り出したズボンに絶望しなくて済んだだろう。

がっくりしながら、きつくなってしまった服をタンスの奥へとしまう。

こうなったからにはパンツスタイルはあきらめるべきだ。もっとゆったりしたものがあるとはいえ、それですらはけなかったら正直立ち直れない。

今度はスカートを引っ張り出した。体のラインがなるべく見えないものである。

ラベンダーカラーの無難なワンピースは、ばっちり体を覆い隠してくれそうだった。

残念ながらおしゃれかと言われると、やや普段着すぎる気もする。

どうせならもっとかわいらしい服で夏久さんと外を歩きたかった。突発的な外出ではなく、事前に約束しての外出だからなおさら。

だけど、逆にこれでよかったと考え直す。散歩の予定がなければ、本番のデートに着ていく服が必要だということに気づけなかった。

こんなふうに今日は気づきがたくさんあるのかもしれないと考えて、気持ちを新たに服でちらかった部屋を片づけ始めた。


午後、夏久さんは家に着く三十分前には連絡を入れてくれていた。すでに準備は万全だったけれど、その三十分という時間を与えてくれたことに感謝する。

自分が倒れてしまうのではと錯覚するほど、心臓がドキドキ高鳴っていた。

夏久さんと顔を合わせるのは数時間ぶりで、別に緊張する必要はこれっぽっちもない。それにこれはただの散歩であって、本番の遊園地デートとはわけが違う。

私だって遊園地の日ほど意識しているわけではない――はずなのだけれど、どうにもそわそわして落ち着かなくなる。

こんなに浮ついた気持ちになるのは、ひとり暮らしをすることになったあの日以来かもしれない。生まれて初めての夜遊びをするのだと、未知の経験に胸をふくらませたものだった。

あのときの私は自分の結婚なんて想像もしていなかった。まず、誰かを無事に好きになれるかどうかさえわかっていなかった。

そうして好きになった夏久さんとの夜を振り返ってきゅんとする。あれがきっかけで、誰かの腕の中で眠るうれしさも、好きな人に拒まれる寂しさも知ることになった。たったひと晩。ほんの数時間。人生が変わるのは自分が思っているよりも一瞬なのだと、あの日に思い知った気がしている。

刻一刻と夏久さんの到着時間が迫っていた。もし事前に言われていなかったら外で待っていたに違いない。あるいは、会社まで迎えに行っていたか。

時間の流れの遅さに焦れながら、おとなしくソファで待つ。

やがて、待ちわびた瞬間がやってきた。

「ただいま」

玄関から聞こえた声に、ぱっと立ち上がった。足早に出迎えると、すでにスーツを着崩した夏久さんが靴を脱いでいた。

いつも帰ってくる頃には着崩している。会社にいるときはちゃんとしてるんだろうけど……たまにはそういう姿を見せてほしい、なんて。

いつも帰ってくる頃には、会社での姿を残していない。ネクタイを緩める前の、一企業の社長としての姿をいつか見せてもらいたいものだ。

ひそかな欲求は隠し、目の前で立ち止まった夏久さんを見上げる。

「おかえりなさい」

「ちゃんと家にいてなによりだ。君のことだから、外で待っているんじゃないかと」

本当にそう考えていたのか、ほっとした気配を感じ取る。

「止められていなかったら、そうしていましたよ」

「止めておいて本当によかった」

それだけ言うと、夏久さんは自分の部屋へ消えていった。閉ざされたドアの向こうから衣擦れの音が聞こえてくる。夏久さんが着替えをしていると思うと、先ほどとは違う意味でなんだか落ち着かない。

先に靴を履いて待っていた方がいいのかどうか迷っているうちに、着替えを済ませた夏久さんが部屋から出てきた。

ドアにぶつかりかけた私を見て目を丸くしたかと思うと、すぐ微妙な顔をする。

「悪い。あたらなかった……よな」

中途半端に伸びた手が私の頬に触れそうで触れない位置をさまよう。

おかしな場所にいた私が悪いのに、真っ先に謝ってくれたことがうれしい。

なかなか触れてこない手のぬくもりを感じたい気持ちは、きっと顔に出てしまっていた。

「大丈夫です。すみません、変なところにいて」

「なにをしていたんだ？」

「ええと……なにも」

それしか言えず、気まずい空気を感じる。

なにもなかったからか、結局手は触れることなく離れていった。

「準備は？　もう、すぐに出られるのか？」

「あ、はい。いつでも大丈夫です」

「じゃあ、行こうか」

「はい」

帰ってきてすぐに出かけてもいいのか——と喉までこみ上げた言葉をのみ込む。

一緒に出かけることになったのは気まぐれかもしれない。どこで気が変わって、また線を引かれるかわからない。それを思うと「仕事終わりで疲れているだろうし、少し休んでからでも大丈夫」とは言えなかった。

そんなワガママで自分勝手な自分に少し落ち込む。

「靴はひとりで履けるのか？」

先に靴を履き終えた夏久さんが私を振り返る。慌てて顔を上げ、うなずいた。

問題ないことを示すように靴を手に取り、すぐに履く。急がなければと気持ちが焦っていたから少しよろけてしまったけれど、さりげなく夏久さんが腰を抱き、支えてくれた。

あまりにもあたり前のようにそうされて、自分でも違和感なく受け入れてしまった。

あれ、と思ったのは外に出てからである。

こういううれしかったことは、もっと噛みしめなければならない。ひとつひとつ思い出せるように、心に留めて宝物にしなければならない。心を添わせた夫婦になれないなら、せめて幸せだと感じたことを覚えておきたかった。


外に出ると、夏久さんは私のすぐ横に立った。

距離はとても微妙だった。夫婦にしては遠いし、友人にしては近い。

寂しいと思うより、うれしかった。友人の距離より近いのは、私になにかあったときにすぐ対応するためだと察しがついている。夏久さんはそういう人だからだ。

「いつもどっちの方に向かうんだ?」

「駅です。公園を通って」

「なるほど」

ふたりで並んで歩きだす。夏久さんは私の歩調に合わせてゆっくり歩いてくれているようだった。

またひとつうれしいと感じることが増えて、いつものお散歩コースが特別なものに変わる。

平日の昼間ということもあり、のどかな空気が辺り一面に漂っていた。道を歩く人の数も少なく、ぽつぽつと同じように散歩をしているらしき人の姿や、買い物帰りの主婦、カフェの前でのんびり雑談する老婦人などが目に入る。

「この道をまっすぐ行くと公園なのは知っていると思うんですが、実はこっちの横道から行った方がちょっとだけ近いんですよ」

「そうなのか?」

「時間を計ったので間違いないです」

目を見張った夏久さんに胸を張って伝えてみる。なぜか、訝しげに眉を寄せられた。

「なんでそんなことを」

「探検の成果を知りたかったからだと思います」

「探検……」

あきらかにあきれられている。でも、冷たい空気は今のところない。

「散歩するなら外出も仕方がないと思ったが、まさか朝から晩まで何時間もしているわけじゃないだろうな」

「そんな。さすがに疲れちゃいます」

慌てて首を振って否定する。

夏久さんの過保護っぷりを考えるに、返答次第では散歩も禁止されかねない。

「疲れなかったらやるのか？」

「怒られるからやらないです」

「基準はそこなのか」

咄嗟に本音が出てしまい、あっと口を手で塞ぐ。夏久さんはなにも言わなかったけれど、やっぱりあきれたようだった。

なんだか、いつもよりふたりの間に流れる空気がやわらかい。心地よくて、おもしろいことがあったわけでもないのに笑いたくなる。

教えた通りの横道に入り、住宅地を抜けて公園の外周に出る。

想像していたよりも早く公園に着いたからか、夏久さんは驚いているようだった。

「この後はいつも公園で過ごすのか？」

「いえ、違います」

「まだ歩くつもりじゃないだろうな」

「まだまだ歩きますよ。お散歩ですから」

ぴくりと夏久さんの頬が引きつった。

「歩きすぎなんじゃないのか」

「まだ家を出て五分しか経ってないですよ」

夏久さんは心配性だ。そんなにがんじがらめにしなくても、私だって自分の限界くらいはわかる。

この感覚には覚えがあった。ほかでもない父と同じだ。

好きな人は父親に似ている人だと誰かに聞いたけれど、もしかして私も無意識に同じ過保護気質の人を選んでしまったのだろうか。

お互いを知る前に夜を過ごし、結婚したというのに不思議な話である。

「そういえば、最初に駅へ向かうって言ってたな」

ぽつりとつぶやいたのが聞こえてうなずく。

「おもしろいものがあるといいですね」

「いつもはあるのか？」

「いえ、とくに。でも今日はあるかもしれません」

そう、私が夜遊びをしようと決めたあの夜のように。

そんな思いを込めて言うと、夏久さんが目を細めた。

「君は前向きというか、ちょっと変わっているというか……。いや、前向きということにしておこう」

「褒められている気がしないいんですけど……」

「気のせいだ」

素っ気ない言い方でも、口もとが先ほどより緩んでいる。

私が少し楽しく感じているのと同じように、夏久さんもこんな小さなやり取りを楽しんでくれていればいい。

そうして初めての夜のように笑い合えたら、もっとうれしい。

外がのどかだからか、私たちの間に流れる空気も穏やかでやわらかかった。

夏久さんと話すために考えを巡らせていたこともあり、いつもよりずっと早く駅にたどり着く。

「結構遠回りしたな」

そう言った夏久さんに疲れた様子はない。

「いい運動になると思いませんか？」

「歩きすぎだ」

とがめられたように感じて眉を寄せる。

「もし本当にそう思っているなら、夏久さんは運動不足なんです」

「この程度で疲れるほど年は取ってないぞ」

まじまじと夏久さんの横顔を見つめてしまった。

そういえばこの人は私よりも年上なのだった。二十歳を過ぎてしまえば、もう三つ上だろうと五つ上だろうと変わらない。だからなんとなく、夏久さんの年齢について深く考えたことがなかった。

友人たちと、もし恋人にするなら、同い年か、それとも年上か年下か、どれがいいかという話をしたのを思い出す。あのときはどれもしっくりこなかったけれど、今ならば違う答えを出せそうだ。

改めて夏久さんを見つめる。

恋人にするなら、いや、結婚相手にするなら年上がいい。さらに言うなら、少し茶目っ気のある顔立ちで、ときどき子どもっぽい表情を見せてくれる人。

真面目な顔をしているときはクールに見えて、でも、話すとやわらかく緩む顔。それからもうひとつ、笑ったときに右頬にえくぼができる人がいい。

自分はとても夏久さんが好きなのだなとしみじみ噛みしめる。精悍な横顔を見るだけでも胸が高鳴るのだから。

このままずっと目を合わせてくれなくていいから、夏久さんの横顔を見ていたいと思っていたときだった。

私の視線に気づいたらしい夏久さんが、ちらりと目を向けてくる。

「で、次は？」

「あっ、お店を見ます」

見とれていたと言ったら、この人はどんな顔をするだろう。やはり嫌がられてしまうだろうか。それは少し寂しい。

「店？」

気を取り直して案内を再開する。

駅前にはいくつも店があって、ここまで歩いてきた道の様子とは違い、かなり賑わっている。皆、駅を利用するついでに買い物を済ませていくからだろう。

歩きながらケーキ屋を流し見て楽しい気持ちになる。以前、夏久さんが用意してくれた大量のタルトの中にはこのケーキ屋のものも含まれていた。

「なんとなくお店を見て、気が向いたら本屋にも寄ります」

「どんな本を読むんだ？」

夏久さんが私に関する質問をする。今までそんなふうに聞いたことがあっただろうかと疑問に思うより、まず興味を持ってくれたという喜びが込み上げた。

「料理雑誌はチェックしちゃいます。後はミステリーとか」

「意外だな」

私とミステリーが結びつかなかったのか、不思議そうな顔をしている。

「おもしろいとは思うんですが、たぶん、あんまりミステリーに向いてないんじゃないかな……？」

夏久さんが話を聞いてくれるから、もっと話したくなった。

「この人が絶対犯人だろうって推理しながら読み進めても、あたったためしがないんです。今まで、何度無実の人を犯人だと思ったかわかりません」

真面目に言ったのに、ふっと笑われる。そんな一瞬の笑みが、私の心を溶かした。

「君がミステリーに向かないのはなんとなくわかる気がする」

「えっ、どういう意味ですか？」

夏久さんは少し笑っただけで答えてくれなかった。からかわれているように思えたけれど、笑ってくれたからよしとする。

「夏久さんはどんな本を読むんですか」

「最近はあまり読まないな。仕事に関係しそうなものには目を通すくらいで」

仕事と聞いて、私ももっと夏久さんについて質問するチャンスだろうかと口を開く。

「そういえば私、夏久さんがなんの会社の社長か知りません」

「普通のＩＴ企業だよ」

ＩＴ企業を経営しているのは、以前軽く調べたから知っている。私が知りたいのはもう少し詳しい情報だった。『普通』と言われても普通がどういうものかわからない。

知りたいならホームページを見ろと言われるだろうか。私が本当に望んでいるのは、会社の情報ではなく夏久さんとの会話だというのに。

次になにを言われるか不安を覚えるも、夏久さんはそれきり話を打ち切った。

それはそれで望んでいない結果だったのもあり、もう一度突っ込むべきか少し悩む。でも、今日の目的は散歩だと思い直してやめておいた。

「駅で休憩を兼ねてゆっくりしたら、次はあっちに行きます」

線路沿いの道を指さすと、夏久さんもそちらを向いた。

「なにかあるのか？」

「どうでしょう？　隣の駅……？」

具体的になにがあるのかを知らなくて首をかしげると、今日何度目かの微妙な顔をされる。

「目的があって移動してるわけじゃないんだな」

「そうですね。なるべく人通りの多い道を選んで歩いているだけです」

「なにかあったときに安心だしな。さすがに君もそういう分別はあるか」

引っかかりを覚えてむっとする。夏久さんはときどきひと言多い。

思えば最初に過ごした夜も私を世間知らずだと繰り返し、からかうそぶりを見せていた。嫌な人だとまでは思わなかったけれど、あのときもむっとしたのを覚えている。そして夏久さんはそれを告げた私にすぐ謝ってくれたことも。

今もひと言多いと言えば謝るのだろうかと気になりつつ、言うのはやめておいた。そういう夏久さんも嫌いではない。

今は若干トゲがあるけれど、いつかまたからかわれたかった。

過去、夏久さんは私に意地悪をしたくなったと言っていた。今の私なら、意地悪してほしいと答えるだろう。

隣の駅に通じる道を歩きながら、また夏久さんの横顔を盗み見る。今度は私の視線に気づかなかったのか、こちらを見下ろすことはなかった。

しばらく会話が途切れ、歩くだけの時間になる。

寂しく感じるか、もしくは焦りを覚えるかだと思ったのに、なぜか気持ちは凪いでいた。沈黙が苦しくないと言えば嘘になるけれど、気まずさは感じない。

そうして歩いているうちに、ふと見覚えのある人影が見えた。その足もとにはやはり見覚えのある影がある。

「ちよしくん！」

夏久さんがいることも忘れて駆け寄ってしまった。

名前を呼ばれた〝ちよしくん〟が――尻尾を振ってくれる。そうなると隣にいた飼い主も気づく。今にも飛びつきそうなちよしくんを押さえながら、私に向かって笑いかけてきた。

「ユキちゃん。こんにちは」

「こんにちは。今日はいつもよりお散歩が早いんですね」

「夕方から雨が降るって聞いたものだから。今のうちに、ちよしを遊ばせておこうと思って」

私の父と同じか、それより少し年下に見えるこの初老の女性の名前は知らない。なんとなく〝ちよしくんのお母さん〟と呼んでいる。

「夏久さん。ちよしくんと、そのお母さんです。よく会うので仲よくなったんですよ」

ざっくり紹介すると、夏久さんは納得したようにうなずいた。

そして、ちよしくんのお母さんに向かって軽く頭を下げる。

「いつも妻がお世話になっているようで」

「あら、ユキちゃんの旦那様？　初めまして」

ふたりが挨拶している間に、私ははしゃいでいるちよしくんをなでさせてもらっていた。

ちよしくんは柴犬にしては若干大きく、人間で言えばハーフっぽい顔つきをしている。どうやら雑種らしく、ちよしくんのお母さんとの出会いも捨てられていたところを拾われたというものだった。

どうして捨てられたのかわからないほど、ちよしくんは人懐っこくて遊び好きである。初対面だった私にもうれしそうに尻尾を振ってなでてもらいたがっていた。一度なでてしまえば、後はもうこちらが落とされてしまった。このもふもふのやわらかさに抗える人間など存在しないに違いない。

「ちよしくんはいつもあったかいねぇ」

わん、と返事をするように鳴き声が聞こえる。そんなちよしくんは私の前でひっくり返っておなかをさらしていた。

おなかをなでろということらしく、思いきりわしゃわしゃするとおおいに盛り上がる。私もなんだか楽しくなって、止まらなくなった。

「ユキちゃん、今日は旦那様と一緒なのにいいの？　ちよしにばっかりかまっていたら、嫉妬されちゃうんじゃない？」

ちよしくんのお母さんがうずうずした様子で言う。心配しているようで、初めて出会う夏久さんが気になっているようだった。

「ちよしくんが魅力的なのがいけないんだと思います」

もふもふのおなかをくすぐりながら夏久さんを見る。

「夏久さんもなでますか？」

「雪乃さんに触られるのがいいんじゃないかな。男に触られてもうれしくないだろ」

「そんなことないです。ほら」

深く考えずに手を引っ張ると、ほんの一瞬夏久さんの顔がこわばった。

やってしまったと気づいた瞬間、すぐにその顔が笑みに変わる。

「実はさっきから触りたくてたまらなかったんだ」

やんわり私の手をほどくと、夏久さんはちよしくんのおなかをなで始めた。

くしゃくしゃになったおなかの毛をきれいに梳いて、かくようになでる。毛並みに沿って手のひらをすべらせると、はしゃいでいたちよしくんがおとなしくなった。

「さすがユキちゃんの旦那様ね。ちよしもすっかりめろめろになっちゃって」

「嫌われなくてよかったですよ。かわいいですね」

夏久さんが答える間も、私はちよしくんをなでる手から目を逸らせなかった。

その手がどんなふうに触れてなでてくれるのか、私はちよしくんよりも知っている。

それなのにどうして夏久さんは私ではなく、ちよしくんだけを触るのだろう。

そんなふうに思ってしまった自分に気づき、虚しくなった。

気持ちよさそうなちよしくんに感じるのは、羨望。夏久さんはもう私にそんな触れ方をしない。

もや、とした気持ちが芽生える。私がなにを思っているかも知らず、ふたりは話を続けた。

「それにしても素敵な旦那様ね。一緒にお散歩をしてくれるなんて」

「ありがとうございます。……照れくさいな」

そう言った夏久さんの照れた様子は、あながち演技でもなさそうだった。

きゅんと胸が疼いたけれど、私たちの関係が見た目通りのものではないことに変わりはない。

夏久さんはまたちよしくんのおなかをなでると、私を労わるようにそっと腰を抱いてきた。

「すみません、散歩中に邪魔してしまって」

「いいのよ。こっちこそせっかくふたりでいるのにごめんなさいね」

「いいえいいえ。それじゃあ……ちよしくん、またな」

「ばいばい、ちよしくん」

ちよしくんとお母さんに手を振って、反対方向へ歩きだす。

さっきはあんなに賑やかだったのに、急に静かになった。

「素敵な旦那様ですって」

「嫌みか」

ちよしくんのお母さんの発言をなぞっただけなのに、苦々しく返される。

「え？」

「そんないいものじゃないことくらい、自分が一番よくわかってる」

どうしてか、夏久さんが傷ついているように見えた。

悲しそうな、切なそうな、なにかをこらえた表情を放っておきたくないと感じてしまう。

「そんなことないですよ」

視線を伏せて、靴の下の石畳を見つめる。

「散歩に付き合ってくれる旦那様なんて、きっと少ないんです。だからちよしくんのお母さんもああ言ったんだと思いますよ」

言葉を選びながら言うと、また沈黙が下りた。

ややあって、夏久さんが微かに笑った気配を感じ取る。

「もし、世間一般の夫というものが散歩に付き合わないいんだとしたら、皮肉な話だな。恋愛結婚した夫婦はこう過ごさないのに、そうじゃない夫婦が〝素敵〟だと言われるような過ごし方をするなんて」

ちりちりと胸が疼いたのは、夏久さんの笑みが自虐的なものだったからだ。

自分で自分を傷つけたがっているように見えてつらくなる。

「事実はわかりませんけど、本当にそうだとしたら今だけは恋愛結婚じゃなくてよかったです。夏久さんと一緒にいるの、楽しいですから」

信じてもらえなくてもそれが私の本心だった。夏久さんと過ごす時間はとても楽しい。楽しすぎてときどき切ないほどだ。一方的な思いを抱くつらさを突きつけられる。

夏久さんがぴたりと足を止めた。けれど、すぐにまた歩きだす。

「俺がこんな態度でも？」

「そうですね」

自嘲めいた問いかけに即答した。

無意識に自分が笑っていたことに気づく。どんな笑みになっているか見ることは叶わないけれど、うれしくて浮かべているものではない。

「もう少し優しくしてくれるとうれしいのはたしかです」

「君に優しくしたとして、代わりになにをくれるんだ。君が俺に与えられるものなんてないだろ」

悲しいほど穏やかで優しい口調だった。

つきんと胸が痛んで、また視線を下に向ける。

私にあげられるものがあるとしたら、この気持ちしかない。

そう思ったところで、夏久さんはそれを望んでいない。わかっていても、受け入れてくれたらと微かな希望を抱いてしまうあたり、私は救いようがないのだろう。

答えない私に夏久さんがなにを感じたかは知らない。でも、その話の代わりに別の話を振ってくれる。

「ほかにもさっきのような知り合いがいるのか？」

空気が変わったことにほっとしながら、再び顔を上げた。

「知り合いというほどじゃないかもしれませんが、声をかけてくれる人はたまにいますね。毎日同じような時間に外へ出ると、なんとなく顔ぶれも同じなんです」

「世の中には俺が思っているより、散歩を日課にしている人が多いんだな」

「そういうことなのかもしれません」

「ほかにどんな人がいるんだ？」

ふと夏久さんの方を見る。

先ほどもよく読む本について聞かれ、不思議に思った。

夏久さんはいつもこんなふうにたくさん質問してこない。

それを考えると、今日はいろんなことを聞かれている。

そもそもこの外出だって、私がどういう散歩をしているかという、私自身に関するリサーチである。

もしかしたらこの外出で、少しでも私について気づきがあるかもしれない。結婚を迫ったという誤解が解ければいいと願わずにはいられなかった。

「そうですね、ほかには……。あ、この間小学生の男の子たちと知り合いました」

「思っていたのと違う相手が来たな。どういう経緯でそうなった？」

どういう人と出会うと思っていたのだろう。純粋に疑問が浮かぶ。

「公園で遊んでいるところを見ていたら、その子たちの遊んでいたボールが飛んできたんです」

「なっ……!?」

絶句した夏久さんが足を止めた。慌てて付け加える。

「あっ、でも怪我はなかったです」

「あたり前だ！　どうしてそのことを話さなかった?」

肩を掴まれて詰め寄られるけれど、どうしてそんな剣幕で問いつめられているかがわからない。

「だって怪我をしなかったんですよ」

夏久さんが額に手をあてて小さくうめく。

どうやら、先日の私の選択は失敗だったらしい。

夏久さんが私と積極的に話をしたくないようだから、話したいという気持ちは抑えて、なるべく重要そうな話をするようにしていた。

今回も散歩中にボールが飛んできて驚いたという話をしたところで、反応に困るだろうという判断だったけれど、この様子を見る限り伝えた方がよかったようだ。

「話した方が……よかったですか？」

おそるおそる聞いてみると、夏久さんは額に手をあてたままゆっくり首を縦に振った。再び歩きだしたのを見て、私も後に続く。

「なにかあったらどうするつもりなんだ」

「ごめんなさい。でも、なにもなかったんです。ちょっと足にあたっただけで」

「なにかあったじゃないか」

夏久さんの視線が私の足に移ったのが見えた。

この話は結構前のことになる。ボールがあたった痕は残っていない。そもそも、痕が残るほどの勢いでもなかったのだけれど。

「今度からは些細なことでも教えてくれ」

少し、反応が遅れた。

「はい」

教えたとして、夏久さんがどのように聞いてくれるのか想像ができなかった。

「それからどうなったんだ。ちゃんと謝ってもらったのか？」

「はい。いっせいに駆け寄ってきて、真っ青な顔で謝ってくれましたよ。いい子たちでした」

安堵したように肩の力を抜いたのを見て、心配してくれたのだとうれしくなる。

「だから、おやつにしようと思っていたたい焼きを分けてあげたんです。一緒に食べて、仲よくなりました。この子が生まれたら、遊び相手になってねって約束もして……」

そっとおなかに触れる。私と夏久さんの赤ちゃんは、両親の複雑な関係も知らずすくすく育っていた。

「だから、公園に行くなとか、子どもたちに会うなとは言わないでくださいね」

「先に言わないでくれ」

渋い顔で言われ、笑ってしまう。

「やっぱり言うつもりだったんですね」

「万が一のことがあったら大変だろ。子どもなんて加減が利かなくて、なにをしでかすかわからない」

「それは大人だって変わらないと思いますけど」

「たしかに、君はそうだな」

やはりこの人はひと言多い。でも今はあえてそこをつつく。

「そうか」

「ほら、私自身が危なっかしいなら、どこで誰となにをしても変わりませんよ」

「そういう問題じゃない」

「わかってます。でも、夏久さんは心配しすぎじゃないでしょうか……？」

口をつぐんだ夏久さんに、もうひと言続ける。

「ちゃんと、私も赤ちゃんを大切に思っているのは同じですから」

諭すように言うと、夏久さんと目が合った。

なぜか足が止まる。夏久さんも同じように立ち止まった。

「いつも、子どものことばかりだな」

「それはもちろんです。だって……」

この子は夏久さんとの子どもだからだ。

幸せだと感じた夜の、これ以上ない贈り物。父に心配をかけ、夏久さんに迷惑をかけ、自分の人生さえ変えてしまった大きすぎる贈り物。

私のうかつさの犠牲にしてしまったようで申し訳なさは強かったけれど、今はそれ以上にこの子を幸せにしてあげたいという気持ちがある。

そのためにも父親である夏久さんとの仲を改善したい。

いろんな思いが渦巻いて、夏久さんにどう伝えるのが正しいのか悩む。

なにか言おうと口を開きかけたとき、不意に夏久さんの手が私の顔に伸びた。

驚いて目を閉じると、風が吹き抜けるのと同時に目尻に指のぬくもりが触れる。

「あ、の……夏久さん……？」

「髪、乱れていたから」

いつものように素っ気なく言うと、夏久さんは私の返答も待たず歩きだしてしまう。

なにが起きたのか理解はしていたけれど、どうしてそんなことをしてきたのかはわからない。ただ、私に触れた夏久さんの手は優しかったような気がした。

「あ――りがとうございました」

声を詰まらせながらお礼を言い、夏久さんの後を小走りで追いかける。

振り返った夏久さんが、走った私に気づいて顔をしかめる。立ち止まってこちらへ歩み寄ると、ぽんと頭に手を置いてきた。

走るなとその顔に思いきり書いてある。叱られるかと思いきや、夏久さんは想像していたよりずっと穏やかな声で話しかけてきた。

「大したことはしてないよ」

「でも、お礼を言いたかったんです」

頭にのった夏久さんの手の重さが染みる。このままずっと触れていてほしかったけれど、それは叶わなかった。

再び並んで歩きだす。これまでとは違う空気が私たちを包み込んだような気がした。

こういうことがあるから、私はあきらめきれない。遊園地へ連れていってくれるこ
ともデートだと思いたいし、嫌な顔をしながらも付き合ってくれる以上、夏久さんに
期待していいのではないかと淡い希望を抱いてしまう。

夏久さんがことあるごとに優しさを見せるずるい人なのか、私が簡単に心を動かさ
れているのか、もうどちらなのかわからない。

本当は今も手をつないで歩きたいけれど、言わずに黙って隣を歩く。

「このまま隣駅まで行く気か？」

少し歩いてから夏久さんに尋ねられる。ハッとして首を横に振った。

「あ、いえ。すみません、うっかりしていました」

目的は私の散歩コースを案内すること。さすがに隣駅まで歩くほど、普段からバリ
バリ歩き回っているわけではない。

「いつもはもう少し前で引き返します。でも今日は違う道から帰ってみたいです」

「迷子になっても知らないぞ」

子どもに言い聞かせるような声色が私の胸をぎゅっと掴んだ。いつかこの人は自分

の子どもにもこんな声で諭すのだろうか。

「そのときは夏久さんが案内してくれますか?」

「そうだな。まあ、困ったら車を呼んだ方が早いだろうが」

放っておくと言われなくて安心する。

これ以上進むのはやめ、来た道を引き返すことにした。

途中、いつも散歩の際に引き返す目印として覚えていた自動販売機の前を通りがかった。

そこから道が二本に分かれており、片方は人通りの多いなだらかな下り坂、もう片方は急な階段と、両極端になっている。

「このあたりでいつもは帰るんです。こっちの坂から。駅を通らなくても家に着くので、近道なんですよ」

下り坂を示すと、当然だという顔をされる。

でも私の発言の意図に気づいたらしく、しかめっ面に変わった。

「ってことは、帰ってみたい違う道はそっちの階段か」

「やっぱりだめですか?」

ひとりだったら、絶対に選ばない道だった。けれど、階段の下を見ると道の両脇に花が咲き乱れていて目に楽しい。

あれをもっと間近で見てみたかった。あの中を歩いて家に帰ってみたかった。

散歩コースが確立されても、小さな楽しみを心は求め続けていた。

「今日は夏久さんがいるから大丈夫かと思ったんです。あそこ、花を見てみたくて」

「ひとりで行こうとしなかっただけ、君にしてはマシな方かもしれないな」

あきれたように言ったかと思うと、突然手を差し出される。

「右手は手すりから離すなよ。左手は俺が支えておくから。一歩ずつゆっくり下りろ」

「えっ、いいんですか？」

「よくない」

きっぱり言いきるわりに道を変えるそぶりは見せない。

よくないと思っているのに付き合ってくれるのかと驚きつつ、おずおずと夏久さんの手を取り、言われた通りに右手を手すりに添えた。

私がどんなにゆっくり下りようと夏久さんは急かさず、待ってくれる。

一歩一歩確実に下りながら、私は足もとより夏久さんが握ってくれている左手に意識を向けていた。

「そこ、ちょっと崩れてる。気をつけろよ」

「はい」

ときどきそんなふうに声もかけてくれて、とくに甘い言葉でもないのに心が浮き立つ。身重でなければ、スキップでもしていただろう。

この階段がもっと長ければいいのにと思う気持ちを止められなかった。そうすれば夏久さんと夫婦らしく寄り添って歩き続けられる。

けれど、残念なことに終わりが来てしまった。地面に下り立つ最後の一段をぴょんと跳ぶ。

「こら。子どもじゃないんだから」

すかさず叱られてきゅっと肩をすくめた。

「ごめんなさい。つい」

「つい、じゃない」

安全な場所にたどり着いたことで夏久さんの手が離れていく。

本当に、私を守るためだけの手だったのだと目で追いながら思った。

手すりよりよほど信用できる温かい手は頼もしくて、離した今、ひどく心細い。

どんな転び方をしても夏久さんは支えてくれただろうし、もしものことがあったら体を張って守ってくれたに違いない。

でも私は、握り返す手に自分の想いを乗せてしまっていた。

この手が私を守るためだけではなく、つなぎたいという気持ちから差し出されたものだったらと思わずにはいられなくて。

「もうこんな階段はないだろうな」

「この先を歩いたことがないのでわかりませんが、たぶん」

ふう、と夏久さんが疲れたように息を吐いた。

そしてまた、ふたり並んで歩き始める。

一度ぬくもりを与えられたせいなのか、頭の中がそれでいっぱいになっていた。つながなくてもいいから、せめて触れるだけでもとすら思ってしまう。

そんなことばかり意識していたからだろうか。夏久さんが不思議そうに私を見下ろしてくる。

「花を見たかったんじゃないのか？」

「えっ？」

「いや、君のことだからもっと喜ぶのかと思ってた。感動しすぎておとなしくなってるわけじゃないよな。疲れたのか？」

そういうわけではないと首を振る。優しい気遣いが染みた。

私がこの道を通りたかったのは、ずっとひとりで散歩していたからだったのかもしれない。新しい景色を見れば、慣れた道に飽きた気持ちも変わるだろうと期待して。だけどそれはあくまでひとりでいるときの感覚にすぎなかったようだ。

夏久さんがいるなら、夏久さんと話したい。楽しい景色より、素っ気なくても確実に反応してくれる夏久さんの方がずっといい。

この道は夏久さんと一緒じゃなきゃ来られなかったけれど、夏久さんと一緒だと花どころではなくなるから意味がない。

もし夏久さんに、あなたのことを考えていたからぼんやりしていたのだと言ったらどんな反応をしてくれるのだろう。

だけどそれは言わずにのみ込んでおく。

「疲れたわけじゃないですよ。きれいなお花だなって感動してます」

気遣ってくれたことがうれしい。泣きたくなるほど。

「もうちょっとゆっくり歩いてもいいですか？　夏久さんとまた来られるか、わからないですし……」

「半休を取ったときだな」

もう一度付き合う気があるのかと、内心驚く。

だから私はこの人を好きになり続けてしまう。私を信じていないくせに優しいから。

歩調をさらに緩め、周囲の花々を見ながら唇を噛んだ。

「夏久さん」

「ん？」

「夕飯はおそばを食べたいです」

「どこか寄っていこうか」

「はい」

どんなことでも聞いてくれるのに、手をつないでほしいという願いはきっと叶えてもらえない。

「……夏久さん」

「今度はどうした」

手をつなぐよりも強い願いを、心の中でだけ告げる。

――私を好きになってください。

「なにを言おうとしたか忘れちゃいました」

「思い出したらまた言ってくれ」

デートを願ったように、もっともっとと欲張りになる。でもこれは私のせいではない。夏久さんが優しいからだ。

道を彩る花が強い風に吹かれ、甘い香りを巻き上げていく。

目の前に飛んできた花びらから私を守るように、夏久さんがそっと抱き寄せてくれた。風が吹きやむのと同時に再びぬくもりが離れる。

こんな気遣いを見せられれば、誰だって惹かれるに決まっていた。だから欲張りになって、もっと近づきたいと願ってしまう。

私が踏み出すぶん、夏久さんが離れていくとは考えたくない。

一方的なデートの日は、今日よりもう少しだけ期待していいと思いたかった。

夢見たデート

　ふたりでした散歩から十日後の土曜日は雲ひとつない気持ちのいい快晴だった。

　夏久さんの運転で遊園地へと向かう。

「わあ」

　ゲートをくぐり、足を踏み入れた瞬間、思わず感嘆の声が漏れてしまった。

　土曜日ということもあって来場者は多い。右を見ても左を見ても人、人、人だった。その中にマスコットキャラクターの着ぐるみが交ざっており、子どもたちに写真をせがまれている。

　遠くからは楽しそうな悲鳴が聞こえていた。顔を上げれば、存在感のある観覧車がどんと鎮座している。

「すごい……！」

「はしゃぐなよ」

　横からとがめる声が聞こえたけれど、あまり耳に入らなかった。今までこういう場所は来たことがない。

「あれ、乗りたいです」

「だめに決まってるだろ」

ジェットコースターを指さしながら歩きだそうとすると、片方の腕を掴んで引き留められた。

「なにを考えてるんだ、君は。自分が妊婦だって忘れてるんじゃないだろうな」

「あ……そっか。ごめんなさい」

「本当に忘れてたのか」

「遊園地に来たのがうれしくて、つい」

はあ、と夏久さんが額に手をあてた。またこの人をあきれさせたようだ。

「『つい』じゃ困る。今まで平気な顔で台所に立ったり、ふらふら外を歩き回ったりしてたのも『つい』か？」

「ふらふらなんてしてません。散歩です」

「俺からすれば同じだ」

やれやれと夏久さんが頭を振る。そして、私の手を握った。

「勝手に動き回るな。乗り物も最低限にしろ」

「せっかく来たのに」

「遊びにきたわけじゃない」

「遊園地に来てそんなことを言うのは、夏久さんだけだと思います」

その通りだと思ってしまったのだろう。夏久さんがふいっと目を逸らす。

「改めて言っておく。デートじゃないからな」

「私はデートだと思うからいいんです」

「頑固者」

「夏久さんだって」

むっとして言い返すと目が合った。

見つめ合ったのは一秒にも満たなかっただろうに、胸がきゅんと疼く。そうしてから手を握られていることに気づいて、意識してしまった。

「今日はずっと手をつないでくれるんですか？」

そうだったらいいなと思いながら尋ねる。

「つないでるんじゃない。ふらふらしないように掴んでるだけだ」

「だったらこうしてほしいです」

自分勝手ながらも、初めてのデートで気が大きくなっていた。だから、ただつなぐだけだった手を恋人つなぎに変える。

手のひらと手のひらが密着する感覚に心がふわふわした。今なら空でも飛べそうなくらい、気持ちが軽い。ドキドキを超えるとそうなるのかと他人事のように思った。

一方、恋人つなぎにされた夏久さんは違っていた。

握られた手を一瞬こわばらせ、よそよそしくそっと力を込めてくる。

「だからデートじゃないって言ってるだろ」

そう言いはしても、夏久さんは私の手を振りほどかなかった。

くしゃっと自分の髪を手でかき回し、顔をしかめる。普段は前髪を上げているのに、今日はオフだからか下ろしていた。

そうすると幼く見えるのだなと思っていたけれど、こうして感情をあらわにしていると余計にそう見える。

今、あの冷たい無表情はなかった。あきれ、苛立ち、困惑。そんな感情であっても、なにかしら心が動いているとわかる方がうれしい。

「私、夏久さんが好きです。だからちゃんとデートに付き合ってください」

「絶対に嫌だ」

今なら言えると思って言ったのに、即行で拒否されてしまう。

がっくりと肩を落としたくなったけれど、まだ手はつながれたままだ。

今日、夏久さんの気持ちを見定めたい。どこまで私を嫌っているのかを。

園内はかなり広かった。

夏久さんはこの遊園地について事前に調べていたらしく、なにかあったときにすぐ対応できるよう万全の準備を整えていた。

園内は複数エリアにわけられており、いくつかある中でも子ども向けのエリアを中心に見て回る。そこならば、私でも楽しめる乗り物が多そうだった。

「あれも乗っちゃだめですか？」

「いっさい余計なことをしないなら別にいい」

「じゃあ乗りたいです」

「ほんとにアクティブだな」

げんなりしたように言いながらも、夏久さんは付き合ってくれる。

私が希望したのはくるくる回るコーヒーカップだった。

本来だったら妊婦は避けた方がいいのだろう。けれど、子ども向けのエリアということもあって非常にゆっくりした動きだった。

現に、小さい子どもや赤ちゃんを抱きかかえた母親も、楽しそうに乗っている。

カップを模した席は四人ほど座れるだろうか。中央にはハンドルのようなものがついており、それを回すとカップも回る。夏久さんが余計なことをするなと言ったのは、ハンドルを回さずにいれば緩やかに回転するだけの乗り物になるからだろう。

さっそく並んでいる人々の最後尾につき、やや子どもっぽい軽やかな音楽を聞きながらそわそわと待つ。

「いっぱい回したら楽しそうですね」

「絶対やるなよ」

「少しくらいなら大丈夫そうですけど……」

だめだと言われるとやりたくなるあたり、本当に子どもっぽいのは私の方かもしれない。

「どうしてそう危機感がないんだ。本当なら遊園地だって来るべきじゃないのに」

え、と声をあげて夏久さんを見る。

「なのに、連れてきてくれたんですね？」

夏久さんは私の視線を避けるように目を逸らした。

「君が行きたいって言ったからな」

「ありがとうございます」

また少しだけ期待してしまう。

もしかしたら、言うほど嫌われていないのかもしれない。夏久さんは最初からずっと優しく接してくれているように見える。

ただ、冷たい言動もあったのを考えると、私の願望の可能性が高かった。

それでも、夏久さんを好きになった自分を信じたい。

「ほら。前、進んだぞ」

「あっ、はい」

促されて、先に進む。次の回で乗れそうだった。

「並んでる時間も楽しいですね」

「そうか？」

「いつもはこんなことをしないので。それに……」

夏久さんとたくさん話せる。

家では私を避けて部屋にこもってしまうけれど、外ではそうならない。夏久さんは私の相手をするしかないのだ。

私は今日、付き合ってくれる彼の優しさに付け込む。

徹底的に嫌われていなければそれでいい。今日を最初で最後にして、好きになってもらおうと願う気持ちも封印する。そうすれば私は妻になれなくても、彼の子どもの母親にはなれる。

「それでは次のお客様、どうぞ！」

スタッフに明るく迎えられ、青いコーヒーカップへ案内される。ハンドルを挟んで夏久さんと向かい合った。

思い描いていたデートそのものの光景がうれしくて、つい頬が緩む。夏久さんは軽く目を見開くと、すぐ眉を寄せた。

「楽しそうだな」

「はい」

その気持ちに嘘はなかったから、そのまま答えた。

「相手が俺でも楽しいなんて、君は変わってる」

「夏久さんだから楽しいんです。父と来てもあんまり楽しめないと思いますから」

「友達は？」

話している最中にアトラクションが動きだす。ハンドルに触れていないぶん、想像以上にのんびりした動きになった。

「友達とはどうでしょう……？　来たことがないので」

「え？」

「閉園まで遊ぶと門限を超えちゃいますから。ひとりだけ先に帰るのも悪いですし」

「ああ、そういうことか。十時までだもんな」

うなずこうとしてその動きを途中で止める。

昔から門限が厳しかったという話ぐらいなら覚えているだろうけれど、まさか時間まで覚えていたとは思わなかった。

思いがけず心が温かくなって、またうれしくなる。

「夏久さんはお友達と来たりするんですか？」

「三十を超えた男が、友達同士で来るのはちょっとどうなんだ」

「別におかしくないと思いますけど」

「君に聞いたのが間違いだった。なにを言ってもおかしくないって言いそうだ」

世間知らずのお嬢さんなのを忘れていたと夏久さんが苦笑いした。

寂しそうで、それでいて優しくて、思いがけない一瞬に目を奪われる。からかうような言葉も気にならないぐらいに。

「知り合いはいるが、友達はいないんだ」

軽快な音楽が過ぎ去っていく。夏久さんの声だけが私の鼓膜を震わせていた。

「学生時代のつながりとかは……？」

友達がいないようなタイプには見えない。むしろ、私よりずっと多いように見える。

「だから、知り合いならいる」

「友達とどう違うんですか？」

「さあ、俺にもわからない」

肩をすくめて言われ、からかわれているのかと眉を寄せる。

「なんですか、それ」

「俺にはそこの境目がよくわからないからな」

なんだか難しいことを言われて首をひねる。

「久しぶりに会っても、昨日別れたときのように話せるのが友達……って聞いたことがあります」

友人が教えてくれたことを伝えると、夏久さんは軽く首を横に振って皮肉げな笑みを口もとに浮かべた。

「なら、全員友達だ」

「それは素敵ですね？」

嫌みでもなく純粋にそう思って言う。

「取り繕うのは難しくないだろ」

夏久さんの表情が陰った気がした。私を見つめていた目がわずかにそれる。

「どんな相手でもあたり障りなく付き合うのは簡単だ。そういう表面上の付き合いしかしてこなかったから、俺にとって全員〝知り合い〟なのかもしれないな」

「誰にでも優しくできるっていいことだと思いますけど」

そんな人だから好きになったのだという気持ちは胸の奥底にしまっておく。

「優しいんじゃないよ。あきらめてるだけだ」

なにに、と聞こうとしたところで乗り物が止まった。

デートらしいひと時を楽しむつもりが、話に夢中になっていたようだ。

「お足もとにお気をつけて！　出口はあちらです！」

スタッフがコーヒーカップの出口を開いてくれた。

先に降りた夏久さんが、私を振り返って手を差し出してくる。

彼は優しいのではなくあきらめているだけだと言った。なににあきらめを感じたのかまでは聞けなかったけれど、当然のように手を貸してくれるのは優しいことではないだろうか。

その手を取って慎重に乗り物を降りた。

足を地面につけようとしたとき、肩にかけていたバッグが、くっと引っかかった。つんのめりそうになってぎゅっと夏久さんの手を握りしめてしまう。

勢いを殺しきれず、そのまま腕の中に飛び込んだ。

「っと」

夏久さんの広い胸が私を受け止めてくれる。

そうなったと気づくまで一秒も経っていなかったのに、ぶわっと顔が熱くなった。

「ごっ、ごめんなさい」

「大丈夫か？」

「っ、はい」

きゅうっと胸がいっぱいになる。

その理由は一気に近づいた距離のせいで感じた、夏久さんの香り。抱きしめられたわけでもないのに、たった一瞬で、愛されたあの夜を思い出した。

嫌われていないかどうかだけを確認し、好きになってもらいたいと思うのはやめようと思ったのに、その気持ちが消えそうになる。

いつまでも腕に抱きしめられていたい気持ちは必死に押し隠し、慎重に夏久さんから離れた。

「気をつけてくれよ」

「すみません……。赤ちゃんになにかあったら大変ですもんね」

「俺は君の話をしてるんだ」

そっと夏久さんが私の腰を抱く。

今、言われた言葉も、その行為も、まったく理解が追いつかない。

触れられたいとずっと思っていたにもかかわらず、いざその瞬間が来ると全身がこわばった。右手と右足を同時に動かすまではいかないにしても、カチカチになりながら夏久さんの腕に従う。

夏久さんはアトラクションの出口へ向かうまでの間、私がまた転んでしまわないよう、ずっとそうしてくれていた。

胸が痛くて苦しい。その痛みが行き場をなくしてさまよっている。切なさと悲しさに、少しだけ憤りが混ざった。

以前、夏久さんは私に期待するなと言った。それなのに期待したくなるようなことばかりしてくる。心底嫌いになれるような接し方をしてくれればいいのに、これでは私の気持ちが浮き立つに決まっている。

言葉と行動がともなっていなくて、夏久さんの真意がわからなくなる。そこに私の希望が混ざるせいでより複雑になった。

ひどい人だと心の中で文句を言っていると、うつむいていた顔を覗き込まれる。

「次は？　どこに行きたい？」

「観覧車はどうでしょう？」

「あれか」

今いるエリアからはそう遠くない、巨大な観覧車。

それを見つめて夏久さんが苦い顔をした。

「ふたりきりになっても、気の利いた話はできないからな」

「別にいいです。今だって、ふたりだけなのに会話できていますし」

「たしかに、それもそうか」

夏久さんがふっと笑い、思わず目を見張った。

この人に心惹かれた夜と同じ、少し子どもっぽい笑み。思いがけない表情は私を動揺させ、余計なひと言を言わせる。

「デートじゃないんですから、気を使わなくてもいいんですよ」

今日をデートだと思いたかったのは私の方なのに。

その瞬間、夏久さんの笑みがこわばった。

「君は……」

「観覧車も並びそうですよね。急ぎましょう！」

わざと明るく言って夏久さんを遮り、手を引く。

まだ動揺は消えていない。でもそれは夏久さんの笑顔を見たからではなく、自分が言った言葉のせいだ。

本心からの言葉ではないと言ったら嘘になる。私はたぶん、傷つきたくなくて線を引いてしまった。

「急ぐのはいいが、走ろうとしないでくれ」

うしろから聞こえた声はそれまでと変わらない。

どんな表情で言っているのかは確認しなかった。

そうして歩きつつ、急いで観覧車まで向かう。

観覧車は想像よりずっと人の数が少なかった。

夏久さんも同じことを思ったのか、ぽつぽつと並ぶ人々を眺めて肩をすくめている。

「どうせ乗るなら夜に、ってことか」

「ああ、夜景が見られるんでしょうね」

「日が落ちてからまた来ようか？」

「でも、帰りが遅くなりますよ」

見たい気持ちはもちろんあったけれど、帰宅時間が遅くなるのは夏久さんだって大変だ。明日は日曜日だけど、この人には仕事があるだろう。

心配して言ったにもかかわらず、夏久さんは私に優しく言う。

「門限は気にしなくていいんだぞ」

ひどいとまた思った。

じくじくと胸が疼く。

冗談めかした言い方はもちろん、私のしたいことをわかってくれているのがつらい。

「夜まで付き合ってくれるなら……後で来たいです」

「なんだったら閉園までいようか」

嫌だと泣きそうになる。

どうして夏久さんがそんな提案をしてくれるのかがわからない。デートだと思っていないくせに気遣ってくるのが、こうなると許せない。

自分の心がひどく不安定になっているのを感じ、こっそり深呼吸した。

「明日のお仕事に影響がなさそうなら、最後までお願いします」

「じゃあ、そうしよう」

ぎゅっと手を握りしめられる。頼もしくて、温かくて、たまらなかった。

また、好きになる。それも救いようがないほど、深く。

「観覧車は後にするとして、ほかに乗りたいものは？　先に言っておくが、ジェットコースターはだめだからな」

「メリーゴーランドがいいです」

「がんばって白馬の王子様になってみるか」

そんな冗談に笑ってしまう。笑いたい気持ちではなかったのに、心とは違う本能の部分が私を裏切った。

私の中で誰かがそっとささやく。

好きなままでも意味がないなら、もっと好きになっても変わらない。自分を押し殺すのはやめて、たとえ嫌われても夏久さんに心を寄せればいい。

もっともだと思う自分がいて、気持ちを抑え込むのをやめた。きゅっと夏久さんの手を握り、ちょっとだけ寄り添ってみる。

「ん？　疲れたのか？」

私が軽く体重を預けたからか、そんなふうに聞いてくる。首を横に振ってもう少しだけ腕を絡めてみた。

「こうしたかっただけです」

自分の勇気が最後まで続くよう願い、できるだけ夏久さんの存在を感じようとする。

頼りない想いは、側にいる間ずっと揺れ続けていた。


夜になると遊園地の雰囲気は一気に変わった。

昼間が家族連れや子どものためのものだとしたら、夜は恋人たちのものだ。

しっとりした音楽ときらびやかなイルミネーション。明るいうちに去った子どもたちの代わりに、恋人たちの姿がちらほら目立ち始める。

「そろそろ観覧車かな。いい時間だろうし」

「はい」

ふたりの会話はおおむね和やかに続いていた。笑う回数こそ少なかったけれど、一度も冷たい言葉に傷つけられていない。私にとって生まれて初めてのデートは、一応成功と言ってよさそうだ。

そんな時間もあと少しで終わってしまう。

このまま永遠にこうしていられたらいいと思いながら、昼間よりも混雑している観覧車へ向かった。

　一時間ほど並び、ようやくゴンドラに乗り込む。コーヒーカップのときと同じく、向かい合って座った。

　ゴンドラの中となれば当然密室である。音楽も流れていない静かな空間だった。ゆっくり上空へと引き上げられ、少しずつ地上が遠ざかっていく。

「昼に来たとき、ちょっと思ったことがある。もしかして夜景を見るのは初めてか？」

　夏久さんから話しかけられて反応が遅れる。

「さすがに夜景を見たことはありますよ」

「なんだ、初めてじゃないのか」

「初めての方がよかったですか？」

「どうだろう。そうかもしれない」

　ドキリとしたというよりは、ぎょっとした。なんだか夏久さんの様子がおかしいように思える。

　どうして初めての方がいいと思うのか、聞きたいけれど、期待した答え以外を聞くのが少し怖い。

　だから夏久さんではなく窓に体を向け、ぺたりと手をついた。

「私は初めてじゃなくてよかったです」

「どうして？」

どうしてと、私が言えない言葉を夏久さんはあっさりと口にしてしまう。

それもずるいと思って、窓の外に集中するふりをした。

「だって、思い出になっちゃうじゃないですか」

夏久さんはなにも言わない。ただ、その視線が私に注がれているのは感じる。

「楽しかったけど、今日のことは忘れたいです」

嘘だと自分で自分に言う。

忘れたくはない。忘れた方がいいと思っているだけで。

夏久さんの返答はなかった。私だってこんなことを言われたら黙るだろう。

ずるいと思う気持ちが強すぎたからか、嫌なことを言ってしまったかもしれない。

けれど、どう言葉を紡げばいいか思いつかなくて口を閉ざす。

ゴンドラの進みというのはこんなにもゆっくりなのだろうか。まだ、ようやく四分の一ほどといったところである。

「俺は」

また、夏久さんの方から話しかけてきた。

「俺も……たぶん、遊園地に来たかったんだと思う」

「え？」

話がつながっていなくて、窓の外から夏久さんに視線を戻してしまった。私を見つめる瞳に気づいて心臓が小さく音を立てる。

「昔から親が厳しかったんだ。あれはするな、これもするな、ひとりで出かけるな、買い食いはするな、とか」

少しずつ鼓動が速くなっていくのを感じた。うれしさよりも興奮で。

夏久さんが自分のことを話すのは、これが初めてだ。

「だから最初に君の話を聞いたとき、なんとなく似てると思ったんだよな。ほかの人間にとって当然のことを、俺もしてこなかったから」

「それはおうちが……ええと、お金持ちだからですか」

うまい言い方が見つからなくて、子どものような聞き方になる。

夏久さんもそれに気づいたのか、口もとに微笑を作ったのが見えた。

「そうだな。ひとりっ子だから余計に大変だったんだ。誘拐されるかもしれないし。犯罪に巻き込まれないよう、両親は俺を束縛するしかなかった――って今なら理解もできるんだが」

「ご両親も心配だったんでしょうね」

「そういう親にはなるまいと思ってたのに、君には似たようなことをした気がする」

――心配だから縛りつける。

たしかに夏久さんのこれまでの行動は、私の自由を奪うものが多かった。

「でも、試行錯誤していたと思うんです。サプリのこととか」

「悪い、言われるまで本当に考えが至らなかった」

「いいんです」

今までで一番夏久さんと向き合えている気がした。

ふたりだけの時間をやっと共有する。

「学生時代もあれこれ制限されて、君の言うような思い出をつくる機会はなかった。遠足だって俺だけ特例でなしだ。それまでグループで遊園地に行くんだってわくわくしてたのに。ひどい話だろ」

「だから遊園地に行ったことがないって……」

「思ってたよりずっと、子どもっぽい場所なんだな」

ゴンドラの外に向けた視線を私も追いかける。

「もし、ちゃんと子どものときに来ていたら、今日どうやって君と歩けばいいかもわかったんだろうか」

「ふたりとも初めてなら、それはそれでいいんじゃないでしょうか」

遠くの景色を見つめる眼差しは穏やかで、夏久さんの心に触れているような気分になる。

「君も初めてだったのか？」

「はい。学生時代は……いわゆるお嬢様学校にいたのもあって」

幼稚園からエスカレーター式で通った学校は、遊ぶよりも勉強を重視した。

校外学習といえば基本的にはボランティアで、修学旅行も名前ばかり。行った先は農家での農業体験だった。

それはそれでおもしろいし、いい経験になったとも思うけれど、社会に出てから周りとの温度差に気づき、うらやましさを覚えたのもたしかだった。

「私も子どもの頃に来てみたかった。大学院まで行かせてもらったのは本当にありがたいと思ってるけど……そういう選択も含めて、もっと自分の意思で生きてみたかったなって思います」

「うん、わかるよ。だけどあれだな、君のお父さんは早く結婚させたがるタイプなのかと」

「父より、私が早く結婚しなきゃいけないって思ってたんです。これはもう話しましたよね」

夏久さんがうなずく。

これを話したからこそ、私たちの間に誤解が生まれる結果になった。解くとしたら今しかない。

「だからって、愛のない結婚をしたいとは思ってなかったです」

外を見ていた夏久さんが私に視線を戻す。

拒絶の雰囲気はなかった。私の話を聞こうとする意思を感じる。

「私、それだけは自分で選んで決めたかった」

気づくと、膝の上で手が震えていた。

「勉強しろと言われたから勉強して、行けと言われたから大学院へ行って。就職先だって父が知人のつてを使って斡旋してきたんです。ずっとずっと従う人生でした。だから、好きな人ぐらい自分で見つけてみたかった」

その第一歩があの〝夜遊び〟だった。ひとりでなにかができたなら、恋愛だってできると信じて。

「やっぱり君は俺に似てる」

「夏久さんの方が、ずっと束縛が厳しかったと思いますよ。おうちがおうちですし」

「考え方の話だよ」

　穏やかな声を聞いているだけで泣きそうになる。

　私が夏久さんの心に近づこうとしているように、彼も歩み寄ろうとしてくれているように感じた。

「俺も親に言われた通りに今まで生きてきた。一条の後継ぎとして育てられて、そのために会社までつくらされた。社長業が楽しくないわけじゃないんだが、正直向いてない」

「そんなふうに思っていたなんて知りませんでした」

「誰にも言ったことがないしな」

　しばらく見つめ合う。もうすぐゴンドラは頂上に到達しようとしていた。

「どうして、私に話してくれたんですか？」

　これまで我慢していた『どうして』をついに言葉にする。夏久さんは少し黙って、視線を下げた。

「どんなことも、自分で選択してこうなったわけじゃない。行きたい場所を聞かれても答えられないくらい、俺は自分で選ぶということを放棄してきたんだ」

『どうして』への答えにはなっていなかった。

一拍置いて、夏久さんは再び顔を上げる。

「この結婚も、同じだな」

ずきんと強い痛みを胸に感じる。

誰かに強制されてきた人生。私が夏久さんを結婚に縛りつけて、逃げられないようにしてしまった。

ずっとそう思ってきたのだろうか。だからあそこまで私を拒んだのだろうか。

それならば夏久さんに嫌われてしまった理由にも納得がいく。

「ごめんなさい……」

「いや、謝るのは俺の方だ」

少しだけ身を乗り出され、逆に距離を取ろうとしてしまう。でも、ここは密室だ。逃げられるはずもない。

「たしかに選ばされた結婚だったと思う。でも俺は反発しようと思わなかった。相手が、あの夜をともにした君だったから」

伸びてきた手が、膝の上で固く握られていた私の手に触れる。

びくりと反応はしても振り払えずされるがまま従った。そんな私の手を、大きな手が包み込んでくれる。

「ごめん」

初めて聞く夏久さんの声にぎゅっと目を閉じる。

「わかってたのに、わからなかった。君が策略で結婚を迫るような人じゃないって」

再び目を開けると、思いがけず近い距離に夏久さんの顔があった。

胸が詰まっていっぱいになるけれど、彼にどう答えればいいのかわからない。泣きそうになりながら口を開いた。

「夏久さん……」

震える声といっしょに涙がこぼれる。

「人を信じるのが苦手なんだ。さっき〝知り合い〟の話をしただろ。みんな俺じゃなくて、俺の金が好きだった。どいつもこいつもそんな奴らばっかりで、君もそうなんじゃないかと……信じきれなかった」

ゴンドラが一番高い場所を越えようとしているのに、夜景を見る余裕なんてなかった。待ちわびた景色より、今は夏久さんを見つめる。

これは現実だろうか。都合のいい夢を見ているだけなのでは。

だけど、触れる手はたしかなぬくもりを私に伝えてくる。

「本当に俺の持つものが目あてなら、寄り添おうと思わないよな。今日の外出先だって、俺の希望を聞く必要がない。結婚すれば目的を果たしたことになるんだから。だけど君は違った。俺がなにを言っても悲しそうに受け入れようとして」

私が感じていたものは全部顔に出ていたらしい。それを気づいていたことにも、そんな私になにかを感じていたことにも驚く。

だからこそ、言ってしまった。

「っ、夏久さんなんて嫌いです」

泣きながら気持ちを吐き出すと、ぼろぼろと涙があふれた。

夏久さんが握っていない方の手を、動揺したようにさまよわせる。私をなでるか、涙を拭うか、そのどちらかで悩んでいるように見えた。

「わかってたなら、どうして冷たくしたんですか。今日までずっと、私……」

「本当にごめん」

声を詰まらせたのは私だけではなくて、夏久さんも泣きそうな顔で見つめてくる。

「嫌われてるんだと思ってました。ううん、憎まれてるんだって」

違うと夏久さんが大きく首を横に振る。

私をじっと見つめながら、一瞬つらそうに顔をゆがませた。

「嫌いになれていたら、逆に話が早かったのかもしれないな」

がたんと観覧車が揺れた――と思ったとき、私の体は夏久さんのぬくもりに包み込まれていた。

向き合っていたはずなのに、いつの間にか夏久さんが隣へ移動してきている。

私を抱きしめるためだけに。

やはりこれは夢なのかもしれないと、腕の中でぼんやりする。

だけど涙の中で夏久さんの香りがした瞬間、夢であってほしくないと強く思った。

「触れる資格はないんだろうが……。君と、君の子どもを抱きしめさせてくれ」

「私だけの子どもじゃないです。父親はあなたじゃないですか」

「うん、そうだな」

抱きしめられてこらえてきたものが決壊する。夏久さんの背中に腕を回し、広い胸に顔を埋めた。

「お金のために妊娠するなんて、私にはできません」

「知ってる。なのに、疑った」

ごめんと合間に何度も言いながら、夏久さんが背中をなでてくれる。

「今までそういうことをする人とばっかり、お付き合いしてたんですか……？」

「あのなあ」

ぽんぽんと私をなでていた夏久さんがその手を止める。泣きじゃくる私の目尻に指をすべらせ、苦笑した。

「そういうのは夫に聞くもんじゃないだろ」

「だって、自意識過剰じゃないですか。自分と結婚したくて妊娠したんだろうって、普通は言えないです」

「言われてみるとそうだな？」

瞬きしたはずみに涙の滴が落ちる。ふたりの笑いが重なったのはその直後だった。

凍りついていた時間が動きだす。今感じているこの穏やかさは、初めて過ごしたあの夜と同じもの。

「なんだか、久々に君の笑ったところを見た気がする」

「私はときどき見ていた気がします。夏久さんが笑っているところ」

「気づいていたのか」

驚いたように目を見張ると、夏久さんはまた指で私の涙をすくう。

そして不意打ちのように私の唇へキスをした。

「君がかわいいから」

驚いて目をぱちくりさせると、またぎゅうっと抱きしめられる。

「雪乃さん」

「！　は、はい」

「もう一度、最初から始めませんか」

「なにをでしょう……？」

「俺たちの関係を」

目をこすって顔を上げる。

「生まれてきた子どもに、胸を張ってパパだって言いたい。だめかな？」

困ったように笑った顔は、やっぱり幼かった。

ふるふると首を横に振る。

「だめじゃないです。パパのこと……私も頼りにしてますね」

「ああ。だけど――」

言いかけて、夏久さんはまた私にキスをした。

「生まれるまでは、まだ君だけの夫でいたいな」

観覧車を後にし、私たちは手をつないで閉園までの時間をのんびり過ごした。

たわいない話をするのは昼間と変わらない。でも、夏久さんの表情がくるくる変わるようになった。

今までよく私の前で我慢していたものだと感心する。そのぐらい私に心を許したくなかったのだろうけれど、声をあげて笑ったりと、もはや別人のようだ。

でもそれは私が好きになった、出会ったばかりの夏久さんだった。

「そろそろ帰る時間だな。駐車場が混む前に出ようか？」

「夏久さんはもういいんですか？」

「俺のことはいいよ。雪乃さんが決めたらいい」

うれしい言葉だけど、今、その優しさは求めていない。

首を横に振ると、夏久さんは目を丸くした。

「だめです。今日は夏久さんの日ですから」

「なんだそれ」

「夏久さんが行ったことないって言ったから、遊園地に来たんですよ。どうせなら最後までしたいことをしましょう」

夏久さんは困ったようだった。

少し考えた後、帰っていく人の波を見つめてから時計を確認する。

「もう少し粘って、閉園ギリギリに上がる花火を見たいな」

「花火なんて見られるんですね」

「今、思い出した」

よし、と夏久さんが私の手を引く。

「どうせならいい場所で見よう。道のど真ん中じゃ落ち着かない」

急ぐように言いながらも、決して走ろうとしない。私の体を気遣ってくれているからだろう。

私も今まで以上に自分の体に気をつけながら、夏久さんと一緒に歩きだした。

入り口のゲートへ向かう人々と、遊園地の中心部へ向かう人と、流れが二分化している。私たちは中心部へ向かう人たちの後に続いた。

全エリアのちょうど真ん中にあるこのエリアでは、時間によってショーが行われる。そのためぐるりと広いステージを囲むようにして座る場所が用意されていた。すでに多くの人たちが集まり、残りわずかな時間を存分に楽しむべく花火を待っている。

「雪乃さん、ここ」

ひとつだけ空いていた席を見つけた夏久さんが、すぐに私を座らせてくれる。

「夏久さんの席は？」

「俺は立ってるからいい」

自分だけが立つことについて気にした様子もなく、夏久さんは私のうしろに立った。

「私だけ座るなんて……」

「いいから。あんまり言うなら、立てなくなるようにするぞ」

背後から包み込むように抱きしめられて息をのむ。周囲には大勢の人がいるというのに、平気でこんな真似をされてはたまらない。

「こ、こんな場所で」

「こうでもしないと、花火中に立ち上がりかねないからな。重しとしては十分だろ？」

茶化すように言われてぶんぶん首を振る。

恥ずかしさに耐えきれず、がやがやと騒がしい周囲の雑多な声に負けないよう文句を言った。

「こんな重し、いらないです……！」

「いらないって、あのなあ」

夏久さんが笑ったのとほとんど同時に、隣の席の人が立ち上がった。別の場所にいる友人を見つけたらしく、そこへ走っていく。

一瞬前の恥ずかしさがふっと引いて、急がなければという焦りに変わった。ほかの誰かが座る前に、すかさずその席へ手を伸ばす。

「夏久さん、早く早く」

「そんなに隣に来てほしいのか、そうかそうか」

「自意識過剰はもういいですから、ほら」

「そこまで自意識過剰か？」

満足げなにこにこ顔から一転、不満そうにしながら夏久さんが隣に座る。その手が私の腰をそっと抱き寄せた。

「どうしたんですか？」

「俺がしたかっただけ」

「支えなくても大丈夫ですよ」

「そういうつもりで抱き寄せたわけじゃないぞ」

ぐっと腕に力が入って、もっと距離が縮まる。

うしろから抱きしめられているときと同じくらい恥ずかしさはあるけれど、したくて抱き寄せたというひと言が私の抵抗を奪う。

ずっと、こんなふうに触れてもらいたかった。夢が叶ったうれしさが、私の胸を幸せでいっぱいにする。

夏久さんの顔まで近づいてきて、勝手に体温が上がった。

「夏久さん」

私から目を逸らさずにいる夏久さんの名前を呼ぶ。

「ん？」

「花火、見損ねちゃいますよ」

「この状況でそれを言うのか、君は」

あきれられるのもわかるほど、顔の距離が近かった。

いくら私だって、ここまで許したら後はキスをするだけだということぐらいわかる。だから彼に花火を見るよう指摘したのだ。先ほどから恥ずかしいという気持ちしか頭に浮かばないから。

夏久さんが好きだから、一度意識してしまうともう頭が真っ白になってしまう。そうなったらきっと情けないくらい失態を犯してしまうに違いない。

それを避けたいなら意識しないようにするのが一番だ。夏久さんみたいにうまく茶化して、ドキドキする空気にならないように――。

「花火と夫と、どっちが大事なんだ」

むっとしたように言われて、強制的に思考を奪われる。

答えなければ逃がしてくれそうにない状況が、私の体温を一気に上げる。

「そ、それは、その」

「雪乃さん」

「う……」

喉の奥から声にならない声が漏れた。

「言ってくれないとわからないよ」

「夏久さんはどうなんですか……？」

私に言わせようとするのはずるいと反撃する。

「俺は――」

夏久さんがなにか言いかけたとき、弾けるような音が響き渡った。わあっと周囲で歓声が上がり、空に光の花が咲く。

「花火……！」

「おー、すごいな」

花火と私のどちらが大切かの答えはもらえなかったけれど、今はかまわなかった。

寄り添ったまま、一緒に念願の花火を見る。最初は普通の花火。やがて、遊園地のマスコットキャラクターのシルエットや、ハートの形をしたものも上がり始める。

周囲のイルミネーションはいつの間にか消えていた。おかげで花火のきらびやかさが夜空によく映えている。

「すごいすごい、とってもきれいです」

「雪乃さんの方がきれいだよ、とか言った方がいいか？」

てっきり花火を見ているかと思ったのに、夏久さんの視線は私を捉えていた。

一度は落ち着いたドキドキがまた私を翻弄し始める。

「花火と比べられても困りますけど……」

「わかった。ありがちな台詞は言わないようにする」

見ると、夏久さんが苦笑していた。よくわからないまま、再び空へ目を向ける。

そうしてしばらく楽しんでいると、腰に回されていた手に引き寄せられた。夏久さんが空いたもう片方の手で、私のおなかをおそるおそる触る。

「くすぐったいです」

「触っても大丈夫かと思って。君の体はやわらかいから」

心臓が大きく跳ねる。そんな言葉を耳もとでささやかないでほしい。

「普通に触って平気です。……ほら」

夏久さんの手を軽く引いて、おなかの上にすべらせる。

「つぶれたりしませんよ」

「縁起でもないことを言うんじゃない」

そう言いながら私のおなかに触れて、夏久さんが微笑む。

「この子にも早く見せてあげたいな。俺たちがきれいだと思ったものを」

「そうですね」

なでてくれる夏久さんの手を見つめてから顔を上げると、タイミングを合わせたように目が合った。私の姿を捉えた途端、その瞳がやわらかく和む。

初めて夏久さんを意識したときもこんな感じだった気がした。

勝手に速くなっていく鼓動を感じながら、目を逸らせずに見つめ合う。

「さっきの質問に答えてなかったよな」

「え？　なんでしたっけ」

「花火と雪乃さんとどっちが大事かって話」

まだ覚えていたのかと逃げ出したくなる。夏久さんがどう答えるか想像はついていたけれど、実際耳にしたら失神するほど恥ずかしいに違いない。

すり、と頰を触られる。添えられた手が、ゆっくりと私の顔の向きを固定した。

「さっきから花火どころじゃないって言ったら、伝わるか？」

伝わらないとあえて言おうとした。でも、その前に唇を塞がれる。

「ん――」

ほんの一瞬だけなのに、アルコールをひと息に流し込んだかのような酩酊感。強い多幸感の後に、恍惚(こうこつ)とした喜びが足先まで広がっていった。

「キスしていいか聞くべきだったかな」

苦笑が目に入る距離まで夏久さんが離れてしまう。無意識に肩口を掴んで引き留めてしまっていた。

「結婚してるんだから、別におかしなことじゃないと思います」

やや上擦った声は、私が意識してしまっていることを如実に表している。かっと熱くなった頬を夏久さんがまたなでた。

そして、子どものように目を細めて笑う。

「なら、もう一回してもいいか」

「は、はい」

ぎゅっと目を閉じてキスに備える。

ぽん、ぽんと花火がふたつ夜空に咲く音が聞こえた。なのになかなか待っている感触が落ちてこない。

不思議に思って目を開けると、夏久さんが心から楽しそうに肩を震わせていた。

「取って食うわけじゃないんだから、そんなに身構えなくてもいいだろ」

「なにかおかしかったですか……?」

「ちょっとな。でも、雪乃さんのそういうところがかわいいと思うよ」

心の準備が整わないうちに再びキスをされる。外だからと止める理性は、今は留守のようだった。

「私……言いましたっけ」

「ん? なにを?」

「夏久さんのキスは素敵だって。ドキドキします」

夏久さんは軽く目を見張ると、すぐに苦笑した。

「俺は前に言ったと思うんだが」

夏久さんの指が私の顎を持ち上げる。

「そういうのは殺し文句って言うんだ」

ひと際大きな花火が上がったのだろう。周りでわあっとまた歓声が上がり、写真を撮るシャッター音が連続して響く。

でも、キスをする私たちの耳には届かなかった。

すべてから逃げ出して

気づけば、妊娠五か月目を迎えていた。

安定期に入り、今まで以上に問題なく生活を送れる——はずだったのに。

「う……うう……」

「大丈夫か？　無理するなよ」

ベッドに横たわった私を、夏久さんが心配そうに見守ってくれる。その間、手をずっと握ってくれていた。

「まさか今になってつわりが始まるとはな」

「今までもなかったわけじゃないんです」

ぐったりしながら伝えようとすると、背中をなでられた。

「だけど、ここまでじゃなかった。たしかにつわりがぶり返す例があるというのは聞いたが、逆に重くなるなんてな」

「う……」

吐き気はあるのに、胃の中にはもう吐くものがない。

自然と気持ちも鬱々としたけれど、そこまで落ちずに過ごせているのはやはり夏久さんのおかげだった。

「食べられそうなものは？　またタルトを買ってこようか」

「果物だけなら……」

「わかった。買い占めてくる」

「ふ、普通に買ってきてください」

必死にそれだけを訴えて、夏久さんが暴走しないように引き留める。

あまり御曹司らしいところも社長らしいところも見せないけれど、どうもここぞというとき、突然お金の使い方がおかしくなる。今では家事もハウスキーパーが行ってくれるし、料理もわざわざ今の私に合わせた専用のものを特注で用意してくれていた。

お金のある人はすごいと言えば夏久さんは嫌な顔をするだろう。でも、一般家庭で育った私にとっては別次元の世界だった。

「なるべく早く帰ってきてくれるとうれしいです」

「出かけない方がよさそうだな？」

そう言うと、夏久さんはスマホを手に取ってどこかへ電話をかけ始めた。

「——ああ、適当に見繕ってくれ。十五分あれば足りるか？　なるべく早く頼む」

誰と話しているのか気になって不安になる。口ぶりから考えるに女性ではなさそうだけれど、そもそも夏久さんが女性と会話している姿を見たことがない。万が一という可能性もあった。

電話を切ったのを見て、きゅっと夏久さんの袖を掴む。

「お仕事ですか?」

「いや、秘書に買い物を頼んだだけだよ」

「え……」

「今の君を放っておけないからな」

額に手をあてて天を仰ぐ。

最近、夏久さんは仕事もリモートで行っていると言っていた。出社しないぶん、会社には迷惑をかけているのではと心配していたけれど、まさか秘書に買い物まで頼むとは。

「あの……なにからなにまですみません……」

ここまでくると夏久さんに向けての感謝なのか、私のせいで迷惑をかけている人たちへの謝罪なのかわからなくなってくる。

「これぐらいしかできなくてすまないな」

「いえ、十分すぎます」

十分を強調して力なく笑う。

関係が改善してから、夏久さんのサポート体制はさらに万全なものへと変わった。

本人いわく「本当は前からこうしたかった」らしい。

私が思っているほど深く誤解していたわけではないらしいけれど、一度冷たい態度を取った手前、いつ寄り添うかタイミングに悩んでいたとのことだった。

以前からこれで十分だと思っていた私は、もっと支えたかったという夏久さんの言葉を話半分で聞いていた。

もう少し会話が増えるだとか、散歩に付き合ってくれるだとか、その程度だと思って油断した結果がこれだ。

ぐったりする私とは対照的に、夏久さんは忙しなく部屋を歩き回っている。

そして、せっせと毛布を持ってきては私をくるんでいた。端から見ればなにかの繭だと間違われてもおかしくない。

これまでずっと自分の部屋で眠っていたけれど、体調と一緒に精神面も不安定になってからは、夏久さんと一緒にこの寝室を使っていた。

「ときどきすごくイライラしたり、落ち込んだりするんです。夏久さんにも、もしかしたらひどいことを言ってしまうかもしれません」

そう言った私を夏久さんはあたり前のように受け入れた。

「俺がさんざん言ったぶん、好きなだけ言えばいいよ。全部聞くから」

それからというもの、夏久さんはうしろからぎゅっと抱きしめて私を眠りに誘ってくれるようになったのだ。

安心する香りは私の心を穏やかにさせてくれたけれど、同時に落ち着かない気持ちにもさせた。

ぬくもりを感じる状況にあると、どうしてもキス以上のことを考える。

私と夏久さんの始まりはそこからだった。そのせいで深く記憶に刻まれており、気を抜くとすぐ思い出してしまう。

「雪乃さん、そろそろ秘書が着きそうだ。起き上がれるか？　もしなにか食べられそうなら、買ってきた果物を切ってもらうが」

ハッとして首を横に振る。

「そこまでさせられません」

毛布の山を押しのけて起き上がろうとすると、すかさず夏久さんが飛んでくる。そして、壊れ物を扱うように支えてくれた。

　その後はリビングへ移動し、本当に買い物をしてきてくれた秘書の橋本さんから、大量の果物を受け取った。

「社長に任せるのは心配ですし、切ってから帰ります」

「悪いな」

「いえ」

　橋本さんは、ボディーガードと言われても納得するような体格の男性だった。

　夏久さんも背が高いと思ったけれど、この人はそれ以上に高い。厳しい顔つきに反して、料理が趣味とのことだった。

「すみません、ご迷惑をおかけして」

「お気になさらず。奥様は養生してください」

「お仕事だって大変ですよね？　夏久さんも出社しなくなりましたし」

「それでも回るよう、完璧に体制を整えてくださいましたから。本当に問題はないんですよ。このまま自宅で作業していただいた方が、我々の精神衛生上いいというのもあります」

　ぽろっとこぼれたひと言は聞き逃せなかった。

「そうなんですか？」

「おい、橋本」

　夏久さんが苦笑しながら呼ぶと、橋本さんは少しだけ笑った。そして、こそっと私に耳打ちしてくる。

「奥様の前ではデレデレでしょうけど、会社では鬼社長で評判なんですよ」

「夏久さんが……？」

　たしかに冷たくされた経験はあるけれど、いまいち鬼社長のイメージは湧かない。むしろ誰にでも優しい過保護な社長だと言われる方が納得する。

　つわりのつらさも忘れて首をかしげていると、私たちの様子に気づいたらしい夏久さんが笑って言った。

「余計なことを言うなら減給するぞ」

「ほら、鬼でしょう」

　強面なのに茶目っ気を見せられ、内容もあいまって笑ってしまう。秘書とこういうやり取りができるなら、きっといい会社なのだろう。

「私、夏久さんの会社での姿を知らないんです。いつかお時間に余裕があったら教えてくださいね」

「では、なるべくいい姿をお伝えできるようにします」

「そんなに怖いんですか、夏久さんは」

「それはもう」

「橋本の言うことは聞かなくていい」

夏久さんが間に割って入って、しっしと橋本さんを手で払う。

「人聞きの悪い奴だな。どこからどう見ても社員思いのいい社長だろ」

「昨年退職させた部長の話が尾ひれつきで広まっていますよ。会議室に閉じ込めてマンツーマンで一時間、泣くまで逃がさなかったとか」

「一時間じゃなくて三時間だな。各方面からヒアリングした諸々を問いつめただけだ。出世を餌にしてセクハラしたんだぞ。手加減してやる必要があるか？」

ほう、と感心する。社長自らそんなに時間をかけて問題にあたってくれるなら、被害者も含め社員たちも助かることだろう。

「夏久さんが社長だったら、安心して働けますね」

「ほら、雪乃さんもこう言ってる」

よしよしと夏久さんがなでてくれた。

かなり恥ずかしくて逃げようとすると、ちょっとだけ残念そうにされる。

「お熱いようでなによりです」

「よく言う。お前も奥さんと仲よくやってるくせに」

それを聞いて橋本さんの左手を見ると、薬指にきらりと光る指輪が見えた。

その流れで自分の薬指を見たけれど、そこにはなにもない。

夏久さんと橋本さんがあれこれ言い合うのを見ながら、ソファの背にもたれた。今日まで薄々思っていたことが、今、私の中で表面化する。

夏久さんの家族として、もっと言うなら子どもの母親として認められた気はしている。だけどこれが妻として愛されているのかどうかは、別の話だ。

褒め言葉は増えたし、触れてくる時間も回数も増えた。

だけど私の薬指にはなにもないし、なによりもデートの日以来一度もキスをしてもらっていない。

キスもされない妻などいるだろうか。

私が自分を夏久さんの妻ではなく、夏久さんの子どもの母親だと考える理由がこれだった。


私を苦しめていたつわりが落ち着き、再び外を動き回れるようになった頃、夏久さんとふたりで遠出をすることになった。

そこは水上アスレチックやキャンプ場が併設されていることで有名な公園だった。

「違う景色を見ながら運動する方がいいと思って」

わざわざ車で連れてきてくれた夏久さんは、言わずとも恋人つなぎで手をつないでくれている。

でもその行為がどういう感情と絡んでいるものなのか、まだわからないでいた。

「水辺の方を歩いてみるか」

「はい」

寄り添ってくれる夏久さんは優しいし、気遣いを感じるとうれしくなる。

体調が落ち着いた今、手を握るというだけの触れ合いでもドキドキして意識してしまった。そうなると、なぜキスをしてくれないのだろうという疑問がまた生まれた。

しかもつわりのときは抱きしめて眠ってくれたのに、今はそれさえなくなっている。同じ寝室で眠るどころか、なにかと理由をつけて自室へ向かう始末だった。

私たちの結婚に恋愛の文字はなかった。誤解が解けたとはいえ、急に気持ちが変化するわけではない。私だけ、夏久さんを好きだと思っている。

そのせいで〝好きだと思ってもらいたい〟という目標が宙に浮いていた。

「いつか、子どもを連れてこういう場所に来てみたいな。君に似たら行動力のある子になりそうだし」

水上アスレチックを見ながら夏久さんが言う。

「私、そんなに行動力なんてありませんよ」

「夜遊びをしにひとりでバーへ行くのに？　ああ、あと遊園地でも俺より元気に歩き回ってたな」

「そこまで言うほどのことじゃないです」

「これでも最初の印象は深窓の令嬢だったんだぞ」

深窓の令嬢と言われると、とてもおしとやかなイメージがある。夏久さんの中でそんなにもおとなしい印象があったのだろうかと照れくさくなった。

それと同時に、最初の印象がそれなら今はどうなのだろうと気になる。今話していた内容から察するに、少なくともおとなしい印象はなくなっているようだ。

「最初の印象は？　じゃあ今はなんだと思ってるんですか？」

「ノーコメント」

くっと笑う顔にきゅんとしてしまった自分が悔しい。私ばかり好きだということを突きつけられた気がする。

「私だって、夏久さんを初めて見たときは——」

言いかけたとき、不意に夏久さんが足を止めた。不思議に思いながら私も立ち止まり、夏久さんの視線の先を追いかける。

そこに立っていたのは、女の私でも目を見張るほど素晴らしいプロポーションの美しい女性だった。

腰まである長い髪は緩くウェーブしていて、肌にぴったり張りつくようなシャツと七分丈のズボンのラインを際立たせている。ぱっちりした目に長いまつげ。勝ち気そうな顔には、それにふさわしい強気な笑みが浮かんでいる。

「もしかして夏久くん？」

彼女もまたこちらを見て立ち尽くしていた。その女性の言葉に反応したのは、夏久さんより私の方が早かっただろう。

旧知の仲なのは疑いようもない。一瞬でもやっとしたものが胸に浮かんだ。

こんなにきれいな人とどこで知り合う機会があったのだろう。

驚いたように立ち尽くした夏久さんのもとへ、女性がつかつかと歩み寄る。目の前に立つとかなり背が高かった。少し見上げる羽目になる。

「百瀬（ももせ）？　だよな」

ようやく夏久さんが反応する。私のように〝さん〟をつけていないだけのことが、どうしてこんなに胸を騒がせるのかわからない。

「そうそう！　お久しぶり！　って言っても……半年ぶりくらい？」

「もうそんな前か。時間が過ぎるのは早いな」

「こんなとこで会うと思わなかった。アウトドアは趣味じゃなかったと思うけど」

なにげないひと言にどくんと心臓が音を立てる。

私でさえ夏久さんについては知らないことの方が多いのに、どうして彼女は彼の趣味を知っているのだろう。

なぜだかひどく胸騒ぎを感じて、思わず声を発してしまう。

「あ、あの、初めまして。夏久さんがお世話になっています」

ここにいるのは夏久さんだけでなく、その妻の私もいるのだと気持ちが急いた。

「あ、ごめんなさい」

百瀬さんが私の身長に合わせて少し屈む。こうして近くで見ると、顔の小ささと個々のパーツの完成度に目眩がした。

「私、百瀬みのり。よろしくね」

「東雪乃です」

「一条だ」

「あっ、一条雪乃です」

　夏久さんに突っ込まれて慌てて言い直す。百瀬さんにくすくす笑われていたたまれなくなった。

「そういえば夏久くん、結婚したんだっけ」

「直接伝えるのは今が初めてか」

「普通に考えて最低だと思うのよね」

　わざとらしく怒った顔をしてから、百瀬さんは私に向かってにっこり笑った。

「自己紹介に付け加えさせて。——半年前まで夏久くんの婚約者をやってました」

　婚約者と聞いて血の気が引いた。意図せず手が震えて、目の前がぐらりと揺れる。

　婚約者がいたなんて話は夏久さんから聞いていない。なぜ教えてくれなかったのかは半年という単語が示していた。

　夏久さんは彼女と結婚できなかったのだ。私と出会い、子どもができたために。

「デキちゃった結婚だって聞いたけど、ほんとみたいね」

　百瀬さんの視線が私のおなかに向く。悪意のある眼差しではなかったのに、咄嗟にそこを手でかばってしまった。

「親に決められた結婚はしないって言ってなかった？　結局自分の意思と関係なく、

将来を決められちゃったわけだ」

「おい、百瀬」

「そういう星のもとに生まれちゃったのかもね。かわいそ」

――私が夏久さんから奪ってしまったものについて、今まできちんと考えたことがあっただろうか？

指先が冷えていくのを感じながら、一歩後ずさる。

「雪乃さん？」

私の動揺に夏久さんが気づいてくれる。でも、そういう優しさに今まで甘えすぎてしまったのだとやっと理解した。

「ごめんなさい……！」

「雪乃さん！」


弾かれたように背を向けた私は、一目散に駆け出した。

背後から聞こえていた夏久さんの声は、振り返らずに走っていたせいでもう聞こえない。

百瀬さんという婚約者の存在を私に教えなかったのはどうしてか。それは知られたくなかったからではないだろうか。

追いかけてこないでと願って必死に逃げる。どこへ逃げるのかは考えていなかった。ただ〝被害者〟の夏久さんから、今はひたすら離れたい。

久々に思いきり走って足が痛むけれど、それ以上に胸が痛くてたまらなかった。あの夜を迎えなければよかったと初めて思ってしまい、またずきずきと痛みが増す。

息が切れて喉も痛くなってくる。だけど立ち止まれない。

うまく呼吸できないのは走ったせいだけではなく、嗚咽(おえつ)が止まらないせいもあった。顔をぐしゃぐしゃにして走る姿を他人の目から隠そうと、顔を覆って逃げ続ける。

夏久さんには追いかけてきてほしくなかったけれど、同じくらい追いかけてきてほしかった。顔を合わせたとしてなにを話すか、私にはまったく思いつかないけれど。

もっと私は自分ばかりでなく、夏久さんのことを考えるべきだったのだ。

他人を信じるのが嫌になるくらいの地位と財産。そんな人に婚約者がいるのは至極当然だろう。そしてその人は――百瀬さんは夏久さんの婚約者として、選ばれるほどの人物なのだ。突然現れた私とは違って。

御曹司の婚約者なのだから、きっと社長令嬢のような雲の上の人に違いない。

美しい人だという以上にそれがつらい。限界があるとはいえ、きれいになる努力をすることはできるけれど、今から私が夏久さんにふさわしいだけの身分を持った人間になれるかと言われたら、不可能だ。

夏久さんはいまだに私をご両親に紹介してくれないし、これからそうしようという話もいっさい出てこない。けれど百瀬さんは、きっとご両親と顔を合わせたことがあるだろう。なにせ、婚約者なのだから。

とても苦しかった。走りすぎて息ができないからではなく、夏久さんの気持ちが私に向かない理由を理解してしまったせい。

好き合っていたふたりを、私が引き裂いてしまったのではないか。そんな相手を愛するなんて無理に決まっている。

今ほど夏久さんに抱きしめられたいと思ったことはないかもしれない。私の想像は全部考えすぎによる妄想でしかないのだと言って、今まで一度もくれなかった『好き』の言葉を聞かせてほしかった。

息を切らして立ち止まると、目の前がくらくらした。側の木に手を添えて支えにしながら、その場にずるずるとしゃがみ込む。

「こんなに好きだなんて知らなかった……」

いつから好きだったのかと言われれば、最初に出会った夜からだと断言できる。あの夜をきっかけに私は恋を知り、結婚を経て一緒に過ごしたことでもうひとつの想いを知った。

私は夏久さんを愛している。

だけど彼の気持ちは私にない。キスをしない理由も、家族に紹介しない理由も、婚約者の存在を黙っていた理由も、すべてそれで説明がつく。

木の下にしゃがんだまま顔を覆って、嗚咽が漏れないよう歯を食いしばったそのときだった。

おなかの中からぽこぽこという微かな動きを感じる。触れてみると、応えるように内側から蹴られた。

突然走ったせいでこの子もびっくりしただろう。しかもその理由が父親から逃げるためだと知ったら、きっと悲しむに違いない。

おなかをなで、安心させるようにつぶやく。

「ごめんね。お母さん、がんばるね……」

ちらつく別れの影

あれから数日後、私は実家に帰る準備をしていた。

玄関まで必要最低限の荷物を運び、靴を履く。沈んだ表情でやって来たのは夏久さんだ。

「本当に帰るのか？」

「はい」

「せめて、送らせてくれ」

夏久さんが苦しげに言うのを、首を振って拒む。

「優しくしないでください」

そう言うのはつらかったけれど、きちんと告げる。

――あの日、夏久さんは遅れて私を追いかけてきてくれた。

＊　＊　＊

「百瀬とはなんでもない。親に決められただけの相手だから」

私に追いつくなり、夏久さんはすぐ百瀬さんとの関係を否定してくれた。私の聞きたかった言葉をあたり前のようにくれるところが夏久さんの優しさだろう。その詳細を聞こうと思えるほど、私に余裕はなかったけれど。

夏久さんは泣きじゃくる私を必死に慰め、落ち着くまでずっと寄り添ってくれた。

「私、自分のことばっかりで夏久さんのことを考えてきませんでした。もっと早く気づくべきだったんです」

「それを言ったら俺の方が悪い。君はよく気遣ってくれていたよ」

「そんなこと、全然」

言葉が喉の奥で詰まって最後まで言えなくなる。

本当に気遣えていたなら、今日まで一緒にいなかった。私は、好きになってもらいたいなどと願わず、夏久さんを解放するべきだったのだ。

「離婚してください」

振り絞るように言うと、夏久さんは一気に青ざめた。人の顔色がこんなにわかりやすく変わるのを初めて見た気がする。

「だめだ」

懇願するように強く手を握られてまた期待しそうになり、自分の気持ちを押し殺してそっと手をほどく。

「君のおなかには俺の子どもがいるじゃないか」

その言葉こそが、離婚の理由だと夏久さんはどこまでわかっているのだろう。

この子がいなければとはいっさい思わない。でも、この子の存在が夏久さんを私に縛りつけている。

「そうですね。ここには夏久さんと私の子どもがいます。――でも、それだけです」

「違う。それだけなんて言うな」

「もうあなたを縛りつけたくないんです」

震える声で訴えると、夏久さんが息をのんだ。

「束縛されて生きてきたって言ったじゃないですか。これからの人生を、今度は私に奪われるんですよ」

「奪われるなんて思ってない……！」

「私が思うんです！」

生まれて初めて、人に対して大声を出したかもしれない。自分にとっても負担が大きかったのか、喉がひりついてむせた。

夏久さんは怒鳴られた張本人だというのに、背中をなでて落ち着かせようとしてくれる。引っ込んだと思っていた涙が、その優しさのせいでまたぽろぽろとこぼれた。

「もう嫌なんです。だから離婚してください」

好きだから、自由になってほしい。夏久さんが望んだ人生を歩めるなら、側にいたいという願いも捨てられる。

「子どもにはいつでも会いにきてください。でも、結婚生活はもう……」

「俺は、そんなに君を苦しめているのか？」

さっき手をほどいたのに、また握られる。視線を落とすと、夏久さんの指先が白くこわばっていた。

「離婚したいと思うぐらいつらいのか」

是とも否とも言えない。それはどちらも嘘になる。

夏久さんが好きだから一緒にいたいけれど、夏久さんが好きだから一緒にいてはいけない。自分と大好きな人のどちらの気持ちを優先するか考え、願いを口にした。

「離婚してください」

三度目の願いを告げても、夏久さんは首を横に振った。

「それはできない。せめて別居にしてくれ」

「どうして……」

「離婚すれば他人にならざるをえなくなる。君になにか起きても、最初に駆けつけられない。だけど夫なら……」

最後の最後まで夏久さんは子どものことを案じてくれていた。

「そう、ですね」

ここまでの思いを無下にすることは、さすがにできない。

「わかりました。しばらく実家に帰らせてください」

「なにかあったらすぐ連絡してくれ。お願いだから」

泣きそうな顔で夏久さんが私の手を両手で包み込む。まるで祈るような仕草だと他人事のように思った。

「はい」

――そうして私は夏久さんとしばらく離れて暮らすことになった。

＊　＊　＊

実家に帰ってきた私を、父はなにも言わずに迎え入れた。

思えば、ひとり暮らしをあきらめたときもそうだった。

厳しい人ではあったけれど、情のない人ではない。ずっと、私が帰ってこられる場所を守ってくれていたのだろう。

「ねえ、お父さん。また蹴ったよ」

畳の上で楽な姿勢を取りながら、夏久さんと別れてからずっと大きくなったおなかをなでる。

「どれ」

テレビを見ていた父がのっそり立ち上がって私の隣に座った。

「予定日まであとどれくらいだ？」

「まだまだ先だよ」

ここで生活するようになってから、ようやくひと月が経とうとしていた。私が連絡を取らないからか、夏久さんからもなにもない。

それを寂しく思うのは卑怯だと思いながら、いつも切ない気持ちになる。

父の手がおそるおそる私のおなかに伸びる。あまりにもその触り方がおっかなびっくりで、少し笑ってしまった。

「もう、そんなにびくびくしなくても大丈夫なのに」

言ってから、以前にもこんなやり取りがあったのを思い出す。

「夏久さんもそうやって触ってたんだよ」

「そうか」

ぶっきらぼうに返した父へ、笑いながらそのときの話をする。

「触ったからってつぶれたりしないよって言ったら、縁起でもないことを言うなって怒られたの」

遠い昔のように感じられて、つんと鼻の奥が痛い。彼を思い出すだけでまた、会いたくなる。

「普通に触ればいいのに。お父さんも」

そう言ってからやっと、父が私のおなかに触れた。活発に動くようになった赤ちゃんが、その手を一生懸命蹴ろうとする。

普通に触ればいいと言っても、父はやっぱりおっかなびっくり触っていた。おなかの表面に触れるかどうか、というギリギリのところをなでられてばかりだと、私だってくすぐったい。もう一度大丈夫だと言いかけたときだった。

「いい男だな」

「え?」

ゆっくりゆっくり私のおなかをなでながら、父が顔を上げずに言う。

「父さんが宝物だと思って触るものを、夏久くんも同じように思って触ろうとしたってことだろう」

どくんと大きく鼓動が音を立てた。ついさっきまで聞こえていたカチカチという時計の針の音が聞こえなくなる。

「普通に触れるわけないじゃないか。大事な娘の子どもがここにいるんだぞ」

その言い方があまりにも優しくて、同時に夏久さんに言われているようで泣きそうになる。

夏久さんも今の父と同じように思ってくれたのだろう。本人に聞かなくてもわかる。あれだけ子どものために尽くしてくれた人なのだから。

「最初はけしからん男だと思ったんだけどなあ。結婚前に人の娘に手を出すなんて、男の風上にも置けないだろう。ましてや子どもまでつくって」

「うん」

父から見ればたしかにとんでもない男だろうけれど、私は彼がどんなに優しく大切にしてくれていたか知っている。だからきっと、答えた声が震えてしまったのだ。

「どうして一緒にいることをやめたのか、お前が話したくなるまで聞かないことにしようって決めてたんだ。だが……いい加減聞かせてくれ」

そこでようやく父が顔を上げる。眉を下げながら、心配そうに私を見つめて。

「ケンカでもしたのか？」

「ううん」

父はずっと私を心配してくれていた。聞かずにいたのは私を気遣っていたからで、関心がなかったわけではないのだ。

私はまた、自分のことだけを考えていた。夏久さんを苦しめないために逃げてきたのに、今度は黙っていたせいで父を苦しめていたのかもしれない。

「ケンカじゃ、なくて……もっと……ううん、うまく言えない」

伝えたいのに言葉にできない。これまでの話をうまく説明するのはとても難しい。

悩む私を見て、父は話せない理由を別のものだと思ったようだった。

「お前が自分のことをうまく言えないのは、きっと父さんのせいなんだろうなあ」

虚を突かれてぽかんとする。父は申し訳なさそうに項垂(うなだ)れた。

「なんでも父さんが決めてきただろう。よくなかったな」

思いきり首を横に振る。

「それでいいって思ったから受け入れてたの。お父さんはなにも悪くないよ」

おなかに置いた手に、ぽこ、と鼓動にも似た振動を感じる。

父を悪くないと思う気持ちは本心からのものだ。でも不満を抱かなかったかと聞かれればそういうわけではない。

だから私はひとり暮らしをしようと思って〝夜遊び〟に繰り出したのだ。

もっと早く自分の思うことを伝えていたら、なにか変わっていただろうかと考えて、父ではなく夏久さんに対してはどうだっただろうと気づいた。

「私、いつもずるかったんだよ。自分の思っていることを言わないで、逃げてばっかりだった」

「そんなふうに思ったことはなかったな」

「夏久さんのこともそう。お父さんのところに逃げてきただけで、向き合おうとしてなかった」

あの日、百瀬さんに出会って逃げ出すべきではなかった。なぜ婚約者の件を黙っていたのか、聞けばきっと教えてくれたのに。

突然、元婚約者だという女性が現れて動揺し、つらくなったのだと言えば抱きしめてくれるまではいかなくても、慰めてくれただろう。

こんなふうに自分自身の中で問題と向き合ったのは、この一か月で初めてのことだった。夏久さんのことは考えていたけれど、考えていただけで逃げ続けていた。

それを理解すると急に視界がクリアになる。

顔に出ていたのか、父が安心したように目尻を下げた。

「嫌いだから帰ってきたわけじゃなかったんだな」

「そうだね。好きだから帰ってきたんだと思う」

「だったら、話したいことを話してきなさい」

寂しそうに笑った父が見たのは、母の遺影だった。

「大切な人と側にいられる時間は、意外とあっという間だからな」

「うん」

重みのある言葉に深くうなずく。

立ち上がろうとして思い直し、父をぎゅっと抱きしめた。

「私、お父さんにはたくさん感謝してる。今までありがとう」

「改まって言うようなことじゃないだろう。そういうのは……いい」

あははと笑って父から離れる。思った通り、照れたように顔が赤くなっていた。

「いろいろ心配かけてごめんね。もう、帰らなきゃ」

あたり前のように〝帰る〟と言ったことで、帰りたいと思える場所が父の側以外にもうひとつあるのを自覚する。

「夏久くんのところだな」

「うん」

「送ろうか?」

それを聞いて笑ってしまった。

「お父さんと夏久さんって、似てるのかもしれない。夏久さんもね、私が実家に帰るって決めたときにそう言ったんだよ」

「彼はお父さんよりもっといい人だ」

ひと呼吸も置かず断言したのを見て、ちょっとだけ意外に思う。

「いつの間に仲よくなってたの?」

父は曖昧に微笑して首を振った。

「で、送らなくていいのか?」

「あ、うん。大丈夫」

今度こそ立ち上がって、バッグを手に外出の準備をする。

会話がこれで終わるのは寂しい気がして、もう一度父の前で正座した。

「私はもう、お母さんになるんだよ。お父さんになんでもやってもらうばかりじゃだめなの。自分のことぐらい、自分でやれるようにならなきゃ」

「寂しいな」

たったひと言に重みを感じたのは、これまで私を育ててきた二十七年という月日が込められていたからだろうか。

「それでも、私のお父さんはお父さんだけだから。これからもたくさん甘やかしてほしいし、遊びにもこさせてね」

「ああ、いつでもおいで。今度は夏久くんと一緒に」

「うん」

夏久さんに会ったら、最初になにを言えばいいだろう。謝罪はするとして、どのタイミングで「好きだ」とこの気持ちを伝えるべきか。

そしてもうひとつ、「好きになってください」とも言いたい。

たくさんのものを与えられているのに、まだワガママを言うのは申し訳ない気もしたけれど、私の想いをちゃんと伝えることで、初めてふたりの関係を始められる気がする。

子どもを思う気持ちはとてもうれしいから、同じ気持ちを私にも向けてほしい。子どもの母親ではなく、妻として見てくれたら。

決意して立ち上がった私のおなかを、子どもがまたぽこりと蹴ってくる。がんばってと応援されているようだった。

外に出てタクシーを拾い、夏久さんの家の側まで向かう。

「あ、ここで大丈夫です」

道が混んでいてなかなか進まないことに焦れて、途中で止めてもらった。代金を支払ってから降りると、すっと背筋が伸びる。

今日まで連絡しなかったから、怒っているかもしれない。あのときは離婚を拒んでいたけれど、その準備をしているかもしれない。

悪い方向にばかり考えて踏み出す足が重くなった。それほど遠い距離で降ろしてもらったつもりはないのに、目的の高層マンションが遠く感じる。

帰るなら先に連絡しておけばよかったかもしれないと考えて、また夏久さんに考えが至らなかった自分を反省する。

今からでも遅くはないと信じ、スマホをバッグから取り出そうとした手が止まった。

マンションの前にいる人影を見て、足も止まる。

見間違えるはずがない。そこに立っているのは夏久さんだった。時計とスマホとを確認しながら――まるで誰かを待っているかのように。

立ち尽くす私は目立って見えたのか、夏久さんがこちらを向く。

距離は遠い。でも、安堵の表情を浮かべたのがわかった。

婚約者のこと。愛されていない不安。そして今日まで連絡を取らずに逃げてしまった罪悪感。いろんな思いがあったはずなのに、夏久さんの顔を見た瞬間全部消えてしまった。

やっぱり夏久さんが好きだ。

無意識に足が動いて、夏久さんまでの距離を縮めようとする。歩いていたのが早足に変わり、最終的にはほとんど駆け出しているのと変わらないスピードになった。

「夏久さん……！」

彼もまた、私に気づいて駆け寄ってくる。

「走るな！」

一か月ぶりに顔を合わせて一番初めにされたのがお説教とは、一周回って笑えてしまう。

最初に出会ったときも叱られた。これから私は何度この人に怒られるのだろう。

おかしくて笑いながら、近づく夏久さんに手を伸ばす。あと少し、と思ったその瞬間だった。

ずきんとおなかに鈍い痛みが走る。次いで船の上かと錯覚するほどの揺れを感じた。立っていられずに膝をついても、ひどい目眩が消えない。

この感覚はずいぶん前にも感じたことがある。父に連れられていったお見合い会場で倒れたときとよく似ていた。

子どもだけは守らなければとおなかに腕を回す。そんな私をあざ笑うように、すうっと指先から力が抜けていった。

「雪乃さん！」

伸ばした手は夏久さんに届いた。

でも、再会をわかち合う前に意識が遠くなる——。

今まで知らずにいたこと

——誰かに名前を呼ばれた気がした。

ぼんやり目を開けると、ゆがんだ視界に見知った人の顔が映る。

「夏久さん……？」

「目を覚ましたのか？」

手を握る夏久さんが、一拍のちに顔をゆがめる。

泣きそうだと他人事のように思っていると、夏久さんは私の手を祈るように両手で握ったまま頭を垂れた。

まだ頭が追いつかなかったけれど、どうやら私は病院にいるらしい。

白い清潔なベッドに点滴のための器具。しかも個室だ。

「よかった。本当に……」

うつむいた肩が震えている。

その姿を見て最悪の想像をしてしまった。ハッと自分のおなかを押さえ、こわごわ尋ねる。

「赤ちゃんは……？」

「大丈夫だ。元気だよ」

それを聞いた瞬間、安心してどっと体の力が抜けた。私はともかく、この子が無事ならばそれでいい。

「よかった……」

「よくない」

ぎゅっとさっきよりも強く手を握られる。

「目を覚まさないかと思った」

「心配かけてごめんなさい」

「君のお父さんから連絡をもらっていてよかった。もし、迎えに行こうと思わなかったら、間に合わなかったかもしれない」

「お父さんが夏久さんに？」

意外な事実にきょとんとする。

「ああ。この一か月、毎日君の状態を報告してくれていた」

それは知らない。聞いていない。そんなそぶりを、父もいっさい見せていなかった。

「俺が頼んだんだ。心配だったから」

「ありがとうございます。この子をそんなに大切に思ってくれて」

「どうしてそうなるんだ」

語気を強められてびくっとする。怒っているのかと思ったけれど、顔を上げた夏久さんは苦い顔をしていた。

「いつもそうだろ。俺は君の話をしているのに」

不思議な気持ちになりながら体を起こす。ひと月ぶりだと思えないくらい、普通に話ができていた。

話すべきことがたくさんあったはずなのに、そのどれもが出てこない。ちょっと悩んでから、ひとつひとつ疑問を解決していくことにした。

「夏久さんが私を助けてくれたんですよね」

「そうだ」

「どうして……?」

本当にわからなくて夏久さんの顔を見つめる。

「どうして私をあそこで待っていてくれたんですか?」

「どうしてって……会いたかったからに決まってるだろ」

「私に?」

「ほかに誰に会いたがるんだ」

握られていた手から指がほどける。代わりに、夏久さんは私の背中へと腕を回した。優しく抱きしめられて心臓が止まりそうになる。

「つらい思いをさせるなら、連絡も取らないし別居だってする。でも俺はいつだって君に側にいてほしかった」

この人がなにを言っているのかすぐには理解できなくて、びくりと肩が跳ねた。

顔を覗き込まれ、落ち着かない気分になる。

「すまない、また君を困らせてるな」

側にいてほしい――。

欲しかった言葉だと知ってなお、別世界の言葉のように思える。

「困ってないです。側にいてほしいと思われていたなんて知らなかっただけで……」

「伝えてきたつもりだったんだけどな」

ドキドキと胸が高鳴っている。それに、顔が熱い。

夏久さんはなにを言っているのだろう。

「側にいたいと思えるような相手じゃなかったら、結婚なんかできないだろ」

「えっ。でも、そんなこと一度も」

「え、言ってなかったか?」

お互いに混乱しているのを、私も夏久さんもくみ取った。

しばらく見つめ合って、一度離れる。すとんと夏久さんがベッド脇の椅子に腰を下ろした。

「いや、たしかに最初の態度はいろいろ誤解させたと思う。でも、君だから結婚したんだって言ったはず……」

言われたような、言われていないような気がする。

首をかしげていると、がっくりと肩を落とすのが見えた。

「百瀬の言った通りだったな」

「百瀬さん?」

夏久さんからその名前が出たせいで、少し声にトゲが混ざったのを自分でも感じた。いつからこんなに心が狭くなったのかと驚いて、今のは聞かなかったことにしてほしいと口を手で押さえる。

顔を上げた夏久さんの口もとに皮肉げな笑みが浮かんでいた。

「ちゃんと言うべきことを言ってるのかって叱られた」

「叱られてたんですか」

私が逃げ出した後に、予想もしていなかったやり取りがあったようだ。驚いた私を見て、夏久さんは苦笑した。

「そういう人なんだ」

そう言うと、私が目覚めたときよりは幾分リラックスした様子で椅子にもたれた。

「うまく話せないかもしれないんだが、聞いてくれるか？　君がいない間のことも含めて、全部」

＊　＊　＊

話は元婚約者の百瀬みのりと、公園で再会したときにさかのぼる。

百瀬が元婚約者だと言ったとき、雪乃さんは弾かれるようにその場から走り去った。

「雪乃さん！」

彼女を追いかけようとしたとき、くっと腕を掴まれて引っ張られた。苛立ちを覚えて振り返ると、百瀬が険しい顔をして俺を睨んでいる。

「夏久くん、雪乃さんに私の話をしていなかったの？」

「忘れていたんだ」

「そこは説明しなさいよ。いくら形だけの婚約だったたって言っても」

自分から掴んだくせに、汚らわしいものにでも触れたように振り払われる。

「話は後にしてくれ。雪乃さんを追いかけないと」

「ひとりにしてあげた方がいいんじゃない？」

雪乃さんのなにをわかっているのか、俺を止める言葉に苛立つ。

「そういうわけにはいかないだろ。ひとりの体じゃないんだ」

「だけど、逃げ出しちゃうくらい冷静じゃないわけでしょ。追いかけたところで、泥沼になるだけだと思うけど」

「だからって」

「夏久くんも落ち着いたら？　ちょっと普通じゃないよ」

焦りと、これまで漠然と感じていた不安がないまぜになる。

雪乃さんとの関係は、あの遊園地での一件を経て改善したはずだった。

彼女を信じきれなかったぶん、これからはよい夫であり、よい父親になろうと思ったのに、なぜか少しずつ距離が開いていく。

最初は妊娠によるホルモンバランスの乱れで精神的につらいからだろうと思った。

実際、雪乃さん本人も自分の不安定さを前もって伝えてきてくれている。

けれど、どうもそれだけではないという気がし始めてから、徐々に彼女の望んでいることや考えていることがわからなくなってしまった。

――隣に立つことを許される、立派な夫になりたい。

そう思えば思うほど遠ざかる毎日に感じていた焦りや不安が、ここに来て一気に噴出する。

睨むように見つめてくる百瀬の目が、そんな心の内を読み取ったように弓なりになった。

「夏久くんのそういうところがちょっとね。だから優良物件だろうとなんだろうと、絶対結婚したくないと思ったんだけど」

「だからなんなんだ、本当に」

彼女は初めて会ったときから歯に衣着せぬ物言いをよくしていた。

オブラートに包むという言葉を知らないのか、考えていることをはっきり口に出す。婚約者だと紹介され、ふたりになった瞬間、どうすればあきらめてくれるのかといきなり言われたのを覚えている。

こちらにもそのつもりがなかった以上、ふたり揃って結婚を回避したいと思っていたのはありがたい話だったが、それにしても遠慮がない。

「雪乃ちゃんが行っちゃったのは間違いなく私のせいだから、その点に関してはごめんなさい。でも、あんな勢いで逃げ出すって異常だと思う」

それは俺も感じていたから、なにも言えなくなる。

おとなしいだけの人ではないとわかっていたつもりだが、人の話を聞かずに駆け出すような人でもなかったはずだ。

「どういう結婚生活を送ってるの、あなた」

言われてから背筋に冷たいものが走る。

まともな結婚生活とは言いがたかったが、最近はずいぶん改善したはずだと俺は思っていた。もしそれが俺の一方的な思い違いだとしたらどうだろう。実際、雪乃さんは逃げてしまっている。

彼女に百瀬の話をしなかったのは完全に俺の落ち度だ。いくら名前ばかりの元婚約者で、お互いにこれっぽっちも気持ちがないどころか、どうすれば円満に婚約破棄できるかを考える仲だとしても、そういう存在がいるという事実は伝えるべきだった。

「脱兎のごとく、ってああいうのを言うのかなって思っちゃった。ずっと夏久くんから逃げたいと思ってたのかと」

可能性は、ある。

「あ、ごめん。私、余計なことしか言ってないね」

「ほんとにな」

雪乃さんが逃げ出したのも、百瀬が元婚約者などと言ったせいだ。と、それを伝えていなかった自分の落ち度を棚に上げて恨んでおく。

「私が行くとこじれそうだし、雪乃ちゃんには夏久くんから謝っておいてくれる？落ち着いた頃にちゃんと会わせてくれたらいいから」

「君に会わせたら雪乃さんに悪影響が出そうだから嫌だ」

「悪影響って。人のことなんだと思ってるの、もう」

気が逸る。雪乃さんを追いかけたいが、百瀬の言う通り俺から逃げたがっていたのだとしたら、ひとりにした方がいいのだろうか。

彼女のためになにをするのが一番いいのかがわからない。

「ねえ、なんで雪乃ちゃんと結婚したの？　ううん、どうして雪乃ちゃんがいいと思ったの？」

結婚の理由は子どもができたからだとはっきりしている。

百瀬が言っているのは〝なぜ、雪乃さんとそこまでの関係に至ったのか〟だ。

「好きだからに決まってる。ひと目惚れしたんだ」

「さっき言ったよな。結局誰かの意思で将来を決められたのかって」

「うん。違うの？」

「たしかに俺の人生はずっとそうだった。でも、雪乃さんだけは違う」

彼女を思うと胸の奥が熱くなる。自身の胸もとを掴み、そこを締めつける痛みから気を逸らそうとした。

「あの人は俺が選んで、愛した人だ。順番は間違えたかもしれないが、後悔はしてない。君が言うような〝強制された結婚〟じゃない」

「それ、本人に言った？」

相変わらず遠慮なく切り込んでくる。居心地の悪さを感じるのは、百瀬が目を逸らそうとしないからだろう。

「そういうのをきちんと伝えていたら、元婚約者が現れても逃げ出さなかったんじゃないの？」

ふん、と鼻を鳴らすと百瀬は腰に手をあててため息をついた。

「言うべきことは言った方がいいと思うよ。ほんとに」

これぱかりは、百瀬の耳に痛い助言を聞いておいた方がよさそうだ。

「覚えておくよ」

「誤解が解けたら、改めて雪乃ちゃんと話をさせてね。夏久くんでもいいって言ってくれるような人、興味あるし」

笑った百瀬が追い払うように手を振る。

「引き留めてごめん。がんばって」

「言われなくてもそうする」

「それじゃ、私もとびっきり素敵な〝今〟の婚約者が待ってるから」

聞き返す前に百瀬は颯爽と立ち去った。

百瀬からアドバイスをされたにもかかわらず、俺がうまく伝えようと言葉を選んでいる間に雪乃さんは心を決めていた。離婚したいというのは聞かなかったことにしておいて、ひとまず考えを改めてもらおうと必死に引き留めた。

その結果、雪乃さんは家を出ていってしまった。

一日経ち、二日経ち、なにもできない日々が無駄に過ぎていく。一週間が過ぎても連絡はなかった。

自室にこもり、ため息をつく。

好きだと伝えていたはずが、そのつもりでしかなくて後悔する。

感情を高ぶらせた雪乃さんは、自分が俺の人生を縛りつけていると言っていた。

そんなふうに思ったことはないどころか、本当に縛りつけてくれるならうれしいとさえ思うのに。

家では滅多に飲まない酒をあおり、雪乃さんとの出会いのきっかけも酒だったことを思い出す。

〝夜遊び〟をすると言い、警戒心をどこかへ置き去りにして、なんでも話していた雪乃さんは、惹かれる以上に目が離せなかった。

騙されたのかもしれないと思っている間も放っておけなくて。でも、俺ばかり心を奪われていると思われるのは癪で、うまく接せられなかった。

抱きしめたいと何度思ったかわからないし、遊園地の日にキスなんてしたせいで、それ以上のことを夢に見たときもあった。

彼女は『もう嫌だ』と言っていた。

下手に想いを伝えていれば、つらい気持ちを言えずに気に病んでいたかもしれない。

そういう女性だというのは知っていた。

こうなる前兆があったかどうかといえば、あった。

雪乃さんは遊園地で楽しそうにしながらも、寂しそうな目をしていた気がする。

『今日のことは忘れたい』と言われたとき、すっと血の気が引いたのがわかった。彼女にそこまで言わせるほどつらい思いをさせたのだと、突きつけられた気がして。

傲慢で自分勝手だった日々を振り返り、苦い思いでいっぱいになる。接し方がわからないときでも、雪乃さんは寄り添おうとしてくれた。

聞き間違いかと錯覚するくらいあっさり『好きだ』と言われたあれも、内心かなり動揺した。

どういう意味の〝好き〟なのか聞いてみたかった。もし同じ気持ちならうれしかったし、子どもの父親としてという意味なら少し寂しかった。

けれど、やはり騙されているのかもしれないという疑念を完全に拭いきることができなくて、結局聞けずに終わってしまったことを今でも悔やんでいる。

どちらにせよ好意を見せてくれたから、もう大丈夫なのだと勝手に思っていた。なにが大丈夫なのか自分でも説明できないというのに。

ため息をつく。

スマホを取り出し、以前教えてもらった番号に電話をかけた。何度目かのコール音を経て、相手が出る。

『もしもし、東です』

雪乃さんの父親である裕一さんだった。

『夏久くん？　どうかしたのか？』

「その……雪乃さんは元気ですか？」

彼女が出ていってから、すぐにこうして電話をした。どのタイミングでもかまわないから、雪乃さんの状態を教えてほしい、と。

裕一さんから連絡してもらうつもりで言ったのに、いつも電話するのは俺の方からだった。

『元気にしているよ。放っておくと料理をしようとするんだ。座っていろと言っているのに』

「わかります。意外と動き回るんですよね」

身重の体だと本当にわかっているのか、俺も目が離せなくて常にハラハラしていた。

『昔からこうだったよ。おとなしいんだか活発なんだかわからない。静かに本を読んでいた五分後には、家中の壁にクレヨンで絵を描き始めたりな』

「雪乃さんが？　どうしてそんなことを」

『本にあった花畑の絵がきれいだったから、自分も家を花畑にしたかったんだそうだ』

ふっと思わず噴き出してしまう。

雪乃さんならやりかねないかもしれないと、今の成人した姿しか知らないのに思ってしまった。

「元気そうならよかったです」

『雪乃もだいぶ落ち着いたようだ。なにがあったかは知らないが、そのうち帰るだろう』

「ありがとうございます」

ほかに二、三言交わして電話を切る。

娘思いな人だとは以前から思っていた。俺から見てわかるぐらいなのだから、雪乃さんも大切に思われている実感を胸に生きてきたのだろう。実際、父親を好きだと言っていた覚えがある。

親に自分の道を決められて生きてきたのは、俺だって同じだ。それなのに家族を大切に思えるのは、彼女自身の性格によるものだろうか。

俺はあきらめてきてしまった。一条の家から逃げたくても後継ぎという立場が許してくれず、常に息苦しさを感じていた。

家を出てからはなるべく実家のことを考えないように意識し、新たな出会いの場では一条家と無縁を装って振る舞ったが、そうしたところで一条の名がないただの俺に興味を持ってくれる人間は現れず、嫌でも現実と向き合う羽目になった。

　これから一生そうなのかもしれないと思っていたのに、あの日、ふらりと立ち寄っ
たバーで雪乃さんに出会った。

　その雪乃さんから連絡がないスマホに目を向ける。

　思い返せば、彼女は結婚したばかりの頃に俺の実家について話していた。俺を振り
回してきた両親に会わせるのは、たとえ彼女が信用できない人だとしても嫌だった。
だから顔合わせの予定はないと言ったが、あれも彼女を不安にさせる一因だったかも
しれない。

　両親には雪乃さんとの結婚について、百瀬に婚約破棄を告げたときと同じく電話を
一本入れただけで終わらせている。

　もう一度雪乃さんとやり直したいなら、まずは俺自身の問題を解決させるべきだろ
うか。今後、両親が関わることでまた雪乃さんが傷ついて離れていくようではたまら
ない。

　思いついてしまうと後は早かった。

　椅子から立ち上がり、ベッドに放り投げたジャケットを拾い上げる。

自分から実家に帰ろうと思ったのは、家を出て初めてのことだった。

見慣れた屋敷に足を踏み入れると、自然と喉がからからになった。

この家にいるといつも緊張する。夏久という個ではなく、一条のひとり息子という目でしか俺を見てこなかった両親は、どんな小さな失敗も許さなかったからだ。

まっすぐ向かった先は離れだった。母屋とふたつの離れは庭に面した廊下でつながっている。

今は夜で見えないが、昼間ならば池と椿が見える。

いかにも純和風といった風情はあまり好きではなかった。今の住居を徹底的に洋風に寄せたのは、実家を思い出したくなかったからというのが大きい。

一番奥の部屋へ向かい、遠慮なくふすまを開く。そこには案の定両親の姿があった。

「ただいま」

「お前……どうしたんだ、急に」

驚いた父は、最後に見たときより老けている。その横にいた母も目尻のしわが増えていた。

俺を見上げた母が一瞬目を見開いて、すぐ気分を害したように眉を寄せる。

「帰ってくるなら、連絡のひとつぐらい入れなさい」

「帰ろうと思ったのがついさっきだったんだ」

母に言って、目を逸らす。

「遊びにきたわけじゃない。用事だけ伝えにきた」

「それは結婚の話か？」

ぴりっと空気が張りつめたものに変わる。

「突然、結婚したと伝えてきたかと思ったら……まだ別れていないのか」

「離婚は考えていないし、もうすぐ子どもも生まれる」

「な……!?」

絶句した父の代わりに母が声を荒らげる。

「あなた、自分がなにをしたかわかってるの？」

「わかってる」

母の怒りは雪乃さんを傷物にしてしまったことに向けられたものではない。一条家のひとり息子が、自分たちの認めていない女との間に子どもをつくったということが許せないのだ。

「まったく……お前は一条の後継ぎなんだぞ。そんなどこの馬の骨ともわからない女なんて」

案の定、父はそう言った。

本当に、雪乃さんをここへ連れてこなくてよかったと心から思う。もし挨拶などさせていたら、どんなひどい暴言をぶつけられていたか、考えるだけでふつふつと怒りが込み上げた。

やはり両親は、雪乃さんとやり直すために乗り越えておかなければならないようだ。このふたりに彼女を認めさせなければ、今後の結婚生活でどんな妨害をされるかわからない。

「俺が誰だろうと関係ないだろ。彼女は優しくて素敵な人だ」

「どうせ騙されてるんだ。一般人なんだろう？　うちの資産が目あてに決まってる」

「女っていうのは怖い生き物なのよ。どうして相談もせずに、いきなり結婚なんて」

同じ女だというのに、自分が無関係であるかのように言う母を見て、あきれる。俺からすれば、母も家のために息子を枠に押し込める恐ろしい女のひとりにすぎない。

「今からでも遅くない。いい相手を見繕うから、そいつとは離婚しろ。慰謝料を多めに払えば文句もないはずだ」

無言でこぶしを硬く握りしめる。これを雪乃さんに聞かせずに済んで安心した。こんなことを平気で言えるような男が、俺の父だという事実も知られたくない。

「百瀬さんは新しい方と婚約したらしいし、また別の人を探してこないと……」

怒りが突き抜けると逆に冷静になるようだ。雪乃さんがずっと〝俺〟と話をしてくれていた事実を今さらながら噛みしめる。

それに比べて両親は、実の親でありながら俺を〝夏久〟として見ていない。一条家の後継ぎとしてしか見ていないから、俺に意思があるかどうかも考えずにひどいことを言えるのだ。

それでも親だから、これまでは従ってきた。今日からはもう、やめる。

「初めて自分で決めた相手なんだ。反対しないでくれ」

たったそれだけを言うのに、ひどく声が震えた。

俺がふたりに明確な反抗を示すのはこれが初めてになる。家を出たときでさえ、仕事のためだとごまかしていた。

部屋には入らず、その場で正座する。

「家は継ぐし、今の会社もこのまま続ける。だから彼女のことだけは認めてください」

頭を下げると、微かに息をのむ気配があった。

「そこまでするほどの相手なのか？」

「この程度じゃ足りないくらいの相手だ」

父の言葉に即答する。雪乃さんへの想いだけが、今の俺を支えてくれていた。

「お前は騙されてる」

「違う」

耳に痛い言葉だった。かつて同じことを、俺も彼女に思ってしまったのだから。

「そういう人じゃない」

「やっぱり家から出すべきじゃなかったな。ここにいれば、おかしな女と出会うこともなかっただろうに。今からでもうちに戻ってきなさい。後はいいようにやっておく。その女のことも含めて。大丈夫だ、もっとふさわしい相手がすぐに見つかる――」

「彼女しか好きになれないんだ……！」

額を床につけたまま、今日は逃げずに向き合う。

「彼女じゃないなら、ほかの誰でも同じだ。そのぐらい特別なんだよ」

どれだけ立派な相手を連れてきたとしても、雪乃さんより一緒にいたいと思う人にはなりえない。雪乃さんかそれ以外かでしか、もう女性を区別できない気がする。

「聞き分けろ、夏久！　そんなものは今だけだ。すぐ頭が冷え――」

「あなた」

母が口を挟んだのが珍しくて、思わず顔を上げた。

「夏久がここまで言うのは初めてじゃないですか。呼んでもいないのに帰ってくることだって。私たちにこれを言うためだけに来たんですよ」

正直なところ、かなり驚いた。母はいつも父に従い、意見するところなど見たことがなかったからだ。

「だからなんだ！　わけのわからん結婚を認めろと言うのか！」

「私だってわかりませんよ。でも、この子にとっては大事なことなんでしょう」

父に言うと、母は俺を見て表情を引きしめた。

「夏久。あなたの言いたいことはわかったわ。でもね、まずはそのお嬢さんを紹介しなさい。話はそれからでしょう」

母が味方に回るとは思わなかったが、ここで素直にうなずくのは少し怖い。

「一般人だとか、ふさわしくないとか、そういうことを彼女に言うつもりなら連れてこない」

「それは――」

「私が言わせません」

父がなにか言う前に母がきっぱりと言いきる。

「お前、なにを勝手な」

「このまま孫を見られなくなっても知りませんよ。相手の女性が誰であれ、うちの血を継いだ孫ができるんです」

子どもができると言ったはずだが、父がまともにその事実を受け止めたのはどうやら今だったようだ。目を白黒させてなにも言えずに口をはくはくさせている。

一方、俺は味方だと思った母の言葉にあきれていた。

俺の意思を汲んでくれたというよりは、次の後継ぎとなる孫を優先しただけらしい。とはいえ、敵意を向けられるよりはずっといいだろう。雪乃さんに会わせたとしても、後継ぎを宿した女性として接してくれるはずだ。

このあたりが引きどころだろう。

「彼女と親交を深めるための顔合わせなら考える。離婚はしないからな」

両親との関係がこれで改善されたとは思っていないが、なんらかのきっかけにはなったと信じたい。

このふたりと向き合えたなら、雪乃さんとも向き合えるはずだ。

好きだという気持ちが伝わるまで、あきらめるつもりはなかった。

とても幸せなひと時

「――とかなんとか、俺もいろいろしていたわけだ」

別居している間のことをひと通り話した夏久さんの顔は、晴れ晴れとして見えた。

気づくとすっかり日が暮れており、面会時間の終わりが迫っている。

「私がひどいことを言われないように、守ろうとしてくれていたんですね」

「あの人たちに傷つけられるのも束縛されるのも、俺だけでいい」

会わせたくないのだろうと思っていたけれど、その理由は私のためのものだった。

勝手に悪い方向へ考えて落ち込んだ自分が恥ずかしい。

「百瀬さんとの結婚もご両親が決めたんですよね?」

「ああ見えて由緒正しい家柄の人でな。一条家の嫁にぴったりだと思ったんだろうが……まあ、本人があれだから」

あれと言われても、私の目に彼女はとても美しく映った。夏久さんの元婚約者という以上に、同じ女として嫉妬するぐらいには。

「素敵な人でしたよ」

「そうか？　俺には雪乃さんの方が素敵に見えるよ」

夏久さんにはちゃんと目がついているのだろうかと、本気で心配になる。でも、うれしい。

「男勝りで負けず嫌いで、性格だけじゃなく言葉もかなりきつい。……ああ、そうだ。雪乃さんに謝ってほしいって頼まれていたんだった」

「百瀬さんが？」

「余計なことを言って悪かったと思ってるらしい。言葉をオブラートに包むってことを知らないからああなったんだが、悪気があったわけじゃないってわかってやってくれるとうれしい。悪い奴じゃないんだ、一応」

ちりちりと胸が火であぶられたように疼く。

以前までの私ならもやもやしても自分の中で消化しようとしていただろうけれど、今は違った。

「元婚約者をそういうふうに言うと、深読みするんですけど」

「え」

夏久さんがぽかんとする。

「いい人なのはわかりました。でも、私の前で褒めないでください」

受け入れてばかりも、のみ込んでばかりもいけない。言いたいことは言うべきだと思って、ためらいがちに告げる。

ただ、言った結果、清々しさよりもやってしまったという後悔が生まれる。図々しすぎたのではないかと心配になってうつむいた。

きゅっと夏久さんの袖を掴み、謝罪する。

「ただの嫉妬です。ごめんなさい」

「君も嫉妬するんだな」

「だって、あんなにきれいな人なんですよ」

反論すると、頭にぽんと手を置かれた。

「俺は雪乃さんの方がいい」

よしよしと子どもにするように頭をなでられ、悔しいようなうれしいような気持ちになる。もっとも、それ以上に恥ずかしさが大きい。

このままうつむいて顔を隠していたかったけれど、ずっとそのままでいるわけにはいかない。顔を上げて、夏久さんを見つめる。

「私、夏久さんが好きです」

以前は勢いで言ってしまったことを、ちゃんと伝える。

「夏久さんにとって一番大事なのは子どもですし、結婚も責任を果たすためのものだってわかってます。だけど……どうか、私のことも好きになってくれませんか？」

一世一代の告白だったのに、夏久さんは百瀬さんに嫉妬したと伝えたときよりもぽかんとしている。

「あの……？」

いつまでも答えてくれない夏久さんに不安を覚える。

はあああと大きなため息が聞こえて、ぎょっとした。

「鈍い。鈍すぎる」

「えっ――」

思いきり抱きしめられて、今度は私が固まる番だった。

「とっくに好きだよ。最初に会ったときからずっと、俺の頭の中は君でいっぱいだった。騙されてるかもって思ったときは、本当にきつかったんだ。ものすごく悩んで、信じようとする自分を無理やり押し殺して……。離婚したいって言われたときは心臓が止まるかと思った。だけど、君がつらいなら受け入れるべきだと……」

一気に言われて、全部をのみ込むまでに時間がかかった。

「そんなふうに思ってたなんて……知りませんでした」

ゆるゆると衝撃が追いついてくる。喜ぶよりもまだ、困惑が強い。

「いつも君のことで一喜一憂していたよ。遊園地で仲直りできたと思ったのに、よそよそしくなったときとか、どうすればいいかわからなかった。好きだって伝わったと思ってたからな」

「でも、あの日以来キスしてもらってないです」

顔だけでなく、全身が熱くなるのを感じながら訴える。

「なんにもしてくれないから、子どもの母親としてしか見られてないんだと思って……」

自分で言って本当に恥ずかしくなる。これではキスされたかったと言っているのと変わらない。

「なにかできるわけないだろ？　身重の君に負担をかけられない」

「負担？」

キスだけでなんの負担になるのか訝しく思う。

聞き返した私に、夏久さんは少し気まずそうにしながら言った。

「キスしたら、それだけじゃ止められなくなる」

もう限界まで顔が火照っていると思ったのに、まだ熱くなる。顔から火が出るどころか、自分が火そのものになってしまったかのようだった。

「つわりで苦しんでる間、せめて安心できるように抱きしめて眠ったよな。君のためにやったことだったが、正直、拷問だった」

拷問と言われると恐ろしく聞こえるけれど、直前の発言が真意を教えてくれる。

夏久さんは私に触れたいと思っていて、でも、我慢してくれていた。

「そ、そんなの知らなかったです」

「夢にまで見てたんだぞ。君とのことを」

「夢⁉」

驚いて声がひっくり返る。

いったいどんな夢を見たのか。私でさえ夏久さんに焦がれている間、夢に見ることはなかったのに。

「三十二年生きてきて、あんなに我慢したのは初めてだったんだからな」

「ご……ごめんなさい……？」

果たして謝ることなのだろうかと思いながら、一応謝罪しておく。

「埋め合わせは無事に出産してからにしてくれ」

そう言って、夏久さんは大きく息を吐いた。

「恥ずかしいだろ。いい年をした男が、年下の妻にここまで夢中になってるなんて」

「全然恥ずかしくないです」

うれしい、という気持ちが振りきれる。

どうしてここまで愛されていたことを気づかずにいられたのか、夏久さんに鈍いと言われた理由がよくわかった。

「私だっていい年をして、年上の旦那様に夢中です」

今、きっと私はものすごく気の抜けた笑みを浮かべてしまっている。

だって、頬にまったく力が入らない。真面目な顔をしようとしても、一秒後にはにやけてしまう。

「今、抱きしめられてるだけで幸せです。夏久さんの匂いがするから」

「そういえば匂いフェチだったな」

「夏久さんにだけです。初めての夜も、この香りのせいでドキドキして……好きになって。結婚してからも、もう一度抱きしめてもらえたらいいなって」

隠さずに伝えると、夏久さんが「あ」と小さく声をあげた。たった今、私が顔を埋めている胸もとに視線を落とす。

「以前、シャツにファンデーションがついていたんだよな。洗い立てだったはずなのに。あれは君のせいか」

シャツを汚すような真似はしていないと言いかけて、あっと気づく。ずいぶん前に、洗濯したシャツが顔に向かって飛んできたことがあった。

「す、すみません、ついていましたか」

夏久さんのシャツを顔面で受け止めたとき、そこから漂った香りは私の心を強く惹きつけた。大好きだという思いを我慢できずに顔を押しつけた結果、汚れたのだろう。

「なるほど。汚したことにも気づかないくらい、夢中で俺のシャツの匂いを嗅いでたわけだ」

「あの一回だけです……！」

慌てて言った私に、夏久さんが笑った。

子どもみたいな屈託のない笑みにまぶしさを感じたとき、ふわりと抱きしめられる。

「次からはシャツじゃなくて本物にしな」

そう言いながら夏久さんが、自分の胸もとを指でとんとんと示す。

「いいんですか……？」

「いいよ。俺も雪乃さんを抱きしめるのが好きだから」

許しをもらって夏久さんの胸に顔を押しつける。男性というものを強く意識させられて、胸がぎゅうっと苦しくなった。

「ずっと、こうしてほしかったんです」

「大事な奥さんの望みにも気づけない夫ですまないな。これからは毎日抱きしめるよ」

「夜もこうやって寝てくださいね。すごく安心するので」

「安心するのは君だけなんだよな。俺はそれどころじゃない」

その言葉が意味するものを悟って恥ずかしくなり、夏久さんからほんの少し距離を取ろうとした。だけどそうはさせないと言わんばかりに後頭部を押さえつけられる。

全身を包み込むぬくもりにドキドキしすぎてもがくと、耳もとでくすくす笑われた。あきらめておとなしくしても笑われる。

夏久さんの香りに包み込まれて、胸の奥に隠していたものが全部溶けていく。

悲しい気持ちはすべてなくなってしまった。代わりに、愛おしい気持ちがだだ洩れになる。

「私、ちゃんと夏久さんの奥さんになれますか？」

「もうなってる。君以上の人はいないよ」

頬に触れられて、その手に顔を寄せる。

「今は我慢しなくていいか」

顎を持ち上げられて、唇と唇が重なった。

「愛してる。毎日言ってもいいかな」

「恥ずかしいから、ときどきにしてください」

止めておかないと夏久さんは本当に毎日言う。そう確信して止めたけれど。

「なら、毎日言う」

ときどきにしてほしいと言ったのに、なぜそうなるのだろう。

夏久さんがそのつもりなら、私だって同じことをする資格があるはずだ。

「じゃあ私も言いますからね。恥ずかしくなっても知りませんよ」

「俺が恥ずかしくなるまで、何回でも言ってもらおうか」

予想外の返しとともに顔を寄せられる。再び愛しているというささやきが唇の表面をなでていった。直後にぬくもりが触れて、吐息をのみ込まれる。

「俺の人生は誰かに決められたものばっかりだった。だけど、君に関することだけは自分で選んだことだからな」

「はい」

倒れたときよりも強い目眩を感じるのはどういうことなのか。

夏久さんが呼吸の隙も与えないくらいキスを繰り返すせいに違いない。

「あ、の……病院です……」

「遊園地では止めなかったのに、病院だと止めるのか」

不満そうな夏久さんにあきれる。

「私、一応倒れたんですよ」

「貧血でな。帰ったらまたサプリ漬けにしないと」

「嫌です……」

とんでもない冗談にわざと震え上がってみせると、子どものような顔で笑われた。

私もそれにつられて一緒に笑ってしまう。

こんなに穏やかな気持ちでこの人と向き合えたのは、最初の夜以来かもしれない。

なんの不安もなく、ただ好きだという気持ちを純粋に伝えられる。簡単なことなのに
今日まで遠回りしすぎてしまった。

そのとき、ぽこぽことおなかを蹴られる。

「……あ」

「どうした？」

心配そうに顔を覗き込まれておなかを示す。

「赤ちゃんが蹴ってます。大暴れですね」

「パパとママが仲良しでうれしいのかもな」

「ずるいって言ってるのかもしれませんよ。交ぜてって」

　産まれたらすぐに交ざれるのに、なかなかせっかちな子らしい。私も早くこの子と仲よくしたかった。

　だけど夏久さんは違うらしい。ゆるゆると首を横に振って、私のおなかを大切そうに触った。

「残念だったな。ママはもうちょっとだけパパが独り占めする」

　夏久さんの手の上から、私も自分のおなかに触れる。やっとちゃんと夫婦として触れてあげられた気がした。

　じんわりと込み上げた幸せが手からおなかに伝わればいいと願って、寄り添った夏久さんと見つめ合う。

　やっぱりずるいと言うようにまた、力強くおなかを蹴られた。

　季節が変わり始めた頃、私は半日かけて娘を出産した。

　目尻が垂れているところは私に似ているけれど、鼻筋や愛嬌のある顔立ちは夏久さんに似ている。

「お疲れ」

「はい」

ベッドで横たわる私を、夏久さんが労ってくれる。

その横には父もいた。目が赤くなっていることには気づかないふりをした方がいいのかもしれない。

ベッド脇の小さなテーブルには母の遺影が置いてあった。心なしかその笑顔がうれしそうに見える。天国で孫の誕生を喜んでいるのだろう。

私も母親になったのだと心の中で報告しておいた。

その横で、改まった様子の夏久さんが父に頭を下げる。

「お義父さんも、今日まで本当にありがとうございました。ふがいない夫で大変ご迷惑をおかけしてしまいましたが、これからは雪乃さんと娘を絶対に幸せにしてみせます」

「ああ、ぜひそうしてくれ。夏久くんにだったら雪乃を任せられる」

夏久さんの肩をとんとんと手のひらで叩く父は上機嫌に見えた。

やけに意気投合して見えるけれど、いつのまに絆を深めたのだろう。やはり私が実家に戻っていたときだろうか。私の知らないところで、毎日連絡を取り合っていたらしいから。

娘の誕生に、父と同様、涙ぐんでいた夏久さんが、母の遺影の横に置いてあったファイルを手に取る。

夏久さんが父と一緒に病室へ来たときに手にしていたものだった。ずっとなんなのか気になっていたけれど、ようやく見せてもらえるようだ。

「それ、なんですか？」

「この日のために用意しておいたんだ」

開かれたファイルにはパソコンでまとめたらしい資料がぎっしり詰め込まれている。その中身を流し見てぎょっとした。

「娘だろうって言われてたが、一応息子の名前も考えてあったんだ。おかげで膨大な量になった。とりあえず娘の名前候補はここからだ」

そう言うと、夏久さんはファイルの途中を開いてみせる。

「百じゃ足りないだろうと思って、千くらい用意してみた。いろんなものの中から、好きなものを選べる方が幸せだろ」

それが夏久さんにとって、どれほど大きな意味を持つことか。

私にとってもそうだったけれど、きっと感慨深い思いを抱いているだろう。ただ、どう考えても度を超えている。

「千はちょっと多すぎるような……」

「縁起のいい漢字も揃えておいたからな。総画数も考えた方がいいらしいから、そこも踏まえて──」

もう夏久さんのこういうやりすぎな一面には驚かない。心配する気持ちも喜びも、全力で表した結果がこうなのだ。

「パソコンを持ってきた方がよかったかもしれないな。ピックアップしたものから見つからない可能性もあるし……。今から取ってくるか」

「ちょっと落ち着いてください」

そわそわしている夏久さんの袖を掴んで引き留める。

そして、この騒ぎの中でもぐっすり眠っている娘の方を見た。

「名前をプレゼントするより先に、パパの顔を覚えさせてあげてください」

「それもそうだな」

降参するように両手を軽くあげてひらひらさせると、夏久さんは眠っている娘の顔を覗き込んだ。

じっと見つめた後に、整った顔を極限まで緩ませる。

「これは門限を決めたくもなる。うちの子が悪い男にでも引っかかったらと思うと耐えられない」

「夏久くんにもわかるか。そうなんだよ、娘っていうものはそういうものなんだ」

うんうんと深くうなずく父には、私からツッコミを入れておく。

「お父さんから見たら、悪い男って夏久さんなんじゃ……？」

残念ながら、父親ふたりの耳には入らなかったようだ。娘を見つめるのに夢中になっている。

そうしていると、娘が大きなあくびをした。ハッとしたようにふたりが口をつぐむ。

「起こしたかな」

「大丈夫だと思いますよ」

「なら、触っても平気だと思うか？」

「んー……たぶん」

また、夏久さんが娘を覗き込んだ。そして、おそるおそる指を近づける。

その指がつん、と娘の頬をつついた。それからふにふにと触れて、指先でなでる。

壊れ物を触るような一連の動作を見てほっこりしてしまった。

以前、父が教えてくれた。宝物だと思って触るからこうなるのだと。

これからも夏久さんは、この子にこうやって接してくれるのだろう。大切に育てて、愛情をいっぱい注いでくれるに違いない。

心配なのは、過保護が行きすぎないかということ。最初のプレゼントとなる名前でさえ百どころか千も用意してくるような人だ。当然、かつての私がそうされていたように門限や交友関係にも口出しするに違いない。

そのあたりは私が気をつけて止めなければならないと、こっそり心の中で決意する。

そのとき、父がカバンからカメラを取り出した。

「孫の顔を見せなきゃならない人たちがほかにもいるだろう?」

それを聞いた夏久さんが、ものすごく嫌そうな顔をしたのを見てしまった。

「しばらく見せてやらなくてもいいんじゃないかと思いますけどね」

彼は、今日までに何度か実家の両親と話をしたらしかった。

いくつも約束を取りつけて——主に余計なことを言うなという内容だったらしい——私が退院して落ち着いた後に会いに行くことになっている。

夏久さんいわく、昔に比べてずっと話しやすくなったとのことだった。

なんでもお義母さんが協力的だったらしい。なにかとお義父さんに意見しては夏久さんを支持し、私に対しても好意的な発言が増えたようだ。

なんだかんだ言いつつ、母親になる私の気持ちがわかるのかもしれない。

そう言ったのは夏久さんで、私もそういうものなのだろうとうなずいた。

話を聞く限り、ずいぶんと遅くはなったものの、夏久さんは両親との関係を少しずつ改善しているようだ。

「別に愛されていなかったわけじゃないだろうし、今まで文句も言わずに生きてきた俺も悪いから」

夏久さんがそう思えるようになったのは、私との出会いがきっかけだったという。大切な人のなにかを変えられたなら、こんなにうれしいことはない。

カメラを構えた父が、むうとうなって私に指示する。

「雪乃、もっと夏久くんに寄りなさい」

「って言っても私、ベッドから動けないよ」

「俺が動かなきゃいけなかったな」

娘の顔が見えるようにしながら、夏久さんが私の肩を抱いて寄り添う。ふっと吐息が耳に触れた。

「最初の夜に感じたことは間違いじゃなかったな」

「え？」

父が構えるカメラを見つめなければならないせいで、夏久さんの顔を見られない。

「君との出会いは奇跡だと思った。人を好きになるってこういうことなのかって」

「そんなことを考えてたんですね」

さらに肩を引き寄せられる。密着した距離に胸が騒いだ。

「あの夜、君へ感じた思いに一番ふさわしい言葉は、もう見つけていたんだ」

「なんですか?」

「――愛してる」

耳もとでささやかれてドキリとする。

「私はあのとき、まだそこまで考えてなかったと思います。好きだなとは思ってましたけど……」

「じゃあ、俺の方が早かったんだな」

そのとき、撮ると言っていないのにぱしゃりと父がシャッターを切った。

フラッシュを焚いていないのは眠っている娘への配慮だろう。

「愛してるよ、雪乃さん」

そっと頬にやわらかいものが触れて目を見開く。そのタイミングでまた父がシャッターを切ってしまった。

頬へのキスのせいで、きっと赤くなっただろう顔も写真に収められてしまう。とても恥ずかしかったけれど、見返したときにはいい思い出になるのかもしれない。

「私も愛してます。夏久さんのこと、これからもずっとずっと――」

私からも夏久さんに寄り添い、ぬくもりを感じながらカメラに向かって笑顔を見せる。

本当に、とても幸せなひと時だった。

エピローグ

店内に足を踏み入れると、なんだかとても懐かしい香りがした。

私たちが訪れたのは、初めて出会ったあのバーだった。そのときとまったく変わらず、私好みの雰囲気が漂っている。

「お酒を飲めないのが残念です。ちょっとだけでもだめなんでしょうか」

先導してくれた夏久さんに言うと、私の手を引きながら笑ってくれる。

「飲もうとしても飲ませないからな」

「じゃあ、離乳食が始まってからは？」

「だめだ。せめて幼稚園までは我慢してくれ」

授乳期間中の飲酒を止める気持ちもよくわかるけれど、ちょっぴり残念な気持ちになる。

「長いですね……」

「そんなに酒好きだったか？」

「夏久さんと飲むお酒が好きなんです」

素直に言うと、夏久さんの端整な顔が緩んだ。

「そんなことを言ってもだめなものはだめだからな」

もうひと声がんばればいけそうな笑みが愛おしい。おねだりを聞いた夏久さんが後悔しないよう、これ以上お酒を飲みたがるのはやめておく。

店の奥の席へ座り、また懐かしい気持ちになる。ここは夏久さんが私を危険から守ってくれたときに連れてきてくれた席だった。

さすがにほぼ一年近く来ていないということもあって、私たちの顔は覚えられていない。それでもここが思い出の場所で、すべての始まりの場所だということに変わりはなかった。

あのときと違うのは私の気持ちと、夏久さんとの関係。そして私たちの間に大切な宝物がいるということ。

「お父さんは大丈夫かな。彩奈が泣いていないといいけど」

「きっと大丈夫だよ。空気の読めるいい子だから」

彩奈と名付けた私たちの子どもは、日々すくすく育っている。祖父である父が目に入れても痛くないほどかわいがっており、夏久さんも親ばかなのを合わせてちょっとしたお姫様扱いだった。ふたりが甘やかしすぎないようにするのが私の仕事になっているのだから、子育てというのは難しい。

「でも、本当に懐かしいです。あのときここで夏久さんと出会ったから、今があるんですもんね」

「いろいろありすぎて忘れたくなるな。とくに君を疑って冷たくしていたときのことは忘れたい」

　苦々しげな様子に、あえて怒ったふりをしてみる。

「夏久さんが忘れても、私は一生覚えてますからね。すごく悲しかったんですよ」

「どうしたら許してくれる？」

　怒ったふりはもう見抜かれたようだ。夏久さんも茶目っ気のある笑顔で応えてくれる。相変わらず魅力的な顔で笑ってくれる人だな、なんて思ってしまった。

「今日はいっぱい甘やかしてください。そうしたら許します」

「なんだ、そんな簡単なことでいいのか。今日だけじゃなくてこれから毎日甘やかすよ」

「どんなふうに？」

「ここで言わせるのか？」

　えっと声をあげる。夏久さんがこういう言い方をするときは、大抵私にとって恥ずかしい結果が待っている。

覚悟して次の言葉を待っていると、声をひそめてささやかれた。

「人前じゃ言えないようなことをたくさんする、って言ったらどうする？」

テーブルの上に置いていた手を、夏久さんが意味深になぞる。その指から与えられる小さな刺激にドキリとしてしまった。

覚悟していたけれど、残念ながら私の心は耐えられていない。

「夏久さんは、ときどきちょっとえっちだと思います」

「え、そうか？」

「恥ずかしいんですよ、私も……」

手を握られて顔を上げていられなくなってしまった。彩奈が産まれた後も、私のことをおかしくなるくらい愛してくれた夏久さん。どんな声でささやき、どんな甘い言葉を言ってくれたのか、こればかりは忘れたくても忘れられない。私の心の奥に刻み込まれてしまっているからだ。

「だが、今日は泊まりの予定だろ。恥ずかしがっても逃がさないからな」

「だから、そういうことを言うのがだめなんです……！」

夏久さんの口を塞いでしまいたいけれど、手はしっかり握られている。ぶんぶん首を横に振るとまた笑われてしまった。

「せっかくお義父さんがつくってくれた時間なんだ。大切にしよう」

「……はい」

父は子育てに勤しむ私たちのために、今日の時間を用意してくれた。もともと私たちがどんな関係だったかを知っているだけに、気を使ってくれているらしい。もうそんな心配なんて必要ない関係にはなっているけれど、こうしてふたりきりの時間をもらえるのはありがたかった。

夏久さんが私と自分の分の飲み物を頼む。お酒が飲めない私を気遣ったのか、ノンアルコールのカクテルだった。

「私、ここに来たときにロングランドアイスティーを飲んで感動したんです。紅茶のお酒じゃないのに紅茶の味がするなんて、って」

「そんな度数の高い酒をひとりで飲むあたり、やっぱり世間知らずのお嬢さんだったんだな」

「私がそうやって言いすぎですって怒ったのを忘れたんですか?」

「いいじゃないか、お嬢さんでも。かわいくて守りたくなる」

怒ろうとしても、デレデレした顔でかわいいと言われると、なにも言えなくなる。もごもごと口の中で文句を言うのが精いっぱいだった。

「……怒ってますよ、私」

「雪乃さん」

私の名前を呼ぶ声がとろけるほど甘く響く。

もう私たちの間に距離はないけれど、夏久さんはずっと雪乃さんと呼んでくれていた。子どもまでいるのにさん付けで呼び合うのは恥ずかしい。

実は彩奈と退院した頃に、呼び捨てでいいと言ったことがある。だったら夏久と呼び捨てで呼べと言われて断念したけれど。ただ『さん』を取るだけなのに、照れくさくてたまらなくなったせいだ。

それからは夏久さんも私をずっとさん付けで呼んでいる。私がさん付けで呼ぶからというのが一番大きいけれど、ときどき呼び捨てで呼んで真っ赤になる私を見るのが楽しいらしい。不意打ちはやめてと言っているのに、なかなかやめてくれなかった。

「君は本当に嘘をつくのが下手だよな」

握っていた手が離れ、軽く顎を持ち上げられた。うつむいていた顔をさらされてしまい、咄嗟に逸らそうとするも、もう遅い。

「かわいいって言われると、いつも赤くなる。だからまたかわいいって言いたくなるんだよな」

「し、知りません」

小さな子どもでもないのだから、かわいいなんて言われる機会はほとんどない。それなのに夏久さんは毎日のように言ってくる。私の反応を見るためにやっていることはわかっていたから、不意打ちの呼び捨ても含めて、とても意地悪な人だという気持ちにならざるをえない。

「夏久さんは意地悪です。私が嫌がることをしますから」

「本当に嫌だと思ってるならやらない。俺にかわいいって褒められるのは嫌か？」

だからそういう質問が意地悪なんだと言いたくなる。嫌だったらこんなにうれしく思うはずがないのだ。

「意地悪」

嫌だとは言えず、文句を言う。夏久さんの顔がまた緩んだ。

「やっぱりかわいい」

「……ばか」

「こら、そういうことを言うんじゃない」

むに、と頬を軽く引っ張られた。そんな手つきでさえ甘くて優しくて、胸がドキドキしてしまう。

そんなふうに話していると、注文した飲み物が運ばれてきた。目の前に置かれたグラスを手に取り、軽く掲げる。

「乾杯するか」

「はい」

グラスの縁をそっと重ねて乾杯し、ドリンクを口に運ぶ。甘くてすっきりしたお酒だった。ほっと息を吐き、グラスについた水滴を目で追う。

「あのとき飲んだお酒よりおいしい気がします」

「俺も酔いそうだ」

「ノンアルなのに？」

「雪乃さんがいるせいかな」

からかうつもりだというのはよくわかっている。ふいと顔を背けておいた。

「変なことを言わないでください」

「はは」

そもそも夏久さんはアルコール度数が高くても酔わない。それを私は知っている。

「この後、お泊まりなんですよね」

「ああ」

「え、と……いつぐらいにお店を出ますか？」

「なんだ、もうホテルに行きたいのか？　別に俺は今すぐ行ってもかまわないぞ」

言葉通り、今すぐにでも行こうとする夏久さんに慌てる。

「そ、そういうわけでは」

「なら、また終電ギリギリまで粘ってみるか」

ここでうなずけば、夏久さんはその通りにしてくれる。だから首を横に振った。

「そこまでは待ちたくないです」

「って言われると、俺はもうさっさと飲んでさっさと出たくなるんだが」

夏久さんの期待が伝わってきて、顔が火照る。飲んでいるものが本当にノンアルコールなのかと疑うほど熱くなっていた。

さすがに、お店をすぐ出るようなことにはならない。雑談をしながらノンアルのカクテルを楽しみ、彩奈のことだけでなくお互いのこともたくさん話した。

普段から一緒にいるはずなのに話が尽きなくて、このままいくらでも話していられそうになる。ときどき楽しそうに笑う夏久さんを見て、私もこの後のことを期待してしまった。

　やがて周りの客が減り、店内が寂しくなり始める。

　飲んでいたカクテルを空け、夏久さんの手を軽く引いた。

「そろそろ……出たい、です」

　自分からこんな大胆な誘いをするのは夏久さんに対してだけだ。

　きっと顔が真っ赤になっているに違いない。だから夏久さんも驚いた顔をして、ほんのり頬を染めているのだ。

「そっちから誘われると思わなかったな。てっきり俺が我慢できなくなるんだと思ってたのに」

　そう言いながら、夏久さんが私に顔を寄せる。

「じゃあ、出ようか」


　普段がんばっているご褒美に——と夏久さんが取ってくれたホテルは、立派なものだった。リゾート地にあるようなものとはまた違うけれど、古くから歴史があり、内装も重厚で特別感がある。

　部屋もまた、立派なものだった。大きな窓からは都内の夜景が一望でき、きらびやかな世界を独り占めしているような錯覚を受ける。

でも、私は景色や部屋に心を奪われなかった。それ以上に心を占めている人が目の前にいたせいで。

「シャワーは後がいいな」

ベッドに座った夏久さんが私に手招きした。そんな仕草だけで胸がきゅんとして、すぐ隣に座る。

「膝にのってくれてもよかったのに」

「重いからだめです」

「雪乃さんは重くないよ」

膝の上に置いていた手を夏久さんの手が包み込んで、肩を抱き寄せられる。

どちらからともなくキスをしていると、優しくベッドに押し倒された。

「ドキドキします……」

「俺もドキドキしてる。早く雪乃さんが欲しくて」

かわいらしいキスの音が聞こえた。唇が首筋に触れ、いくつも繰り返されながら胸もとへ落ちていく。

夏久さんは器用に私の服を脱がしながら、数えきれないくらいのキスをプレゼントしてくれた。触れられるたびにぞくりとして、体が熱くなっていってしまう。唇が触れている時間は一瞬なのに、そこから感じる愛情が大きすぎるせいだ。

「でん、き……消してほしいです……」

「俺が見たいって言ってもだめか？」

「見たい、って……なにを……？」

「君が俺に感じてる顔」

　顔を上げた夏久さんの、ひどく艶めいた瞳にとらわれた。どくんと全身が一気に火照る。

「今日ぐらい、全部独占させてくれ」

　私ばかり脱がされて、夏久さんはまだ脱いでいない。それがまた恥ずかしさを煽り、手で顔を隠す。

「顔を見たいって言ったのに、意地悪なのは雪乃さんの方だな」

　顔を隠すために手を使っているせいで、好き勝手に肌をなでてくる大きな手を止められない。

「そんなこと……ぁっ……」

「そういうことをされると仕返ししたくなるんだが……いいか？」

「だ、だめ……っ……」

唇が肌に触れて、舌がすべっていく。敏感な場所を探りあてたかと思うと、私の反応を見ながら焦らしてくる。声をあげると軽く甘噛みされ、快感に抗えずシーツを掴むと、強めに吸い上げられた。

「っは……ぅ……あっ……んんっ……」

息が荒くなる。夏久さんから与えられる刺激がたまらなくて、呼吸することも忘れそうになった。

「痕、つけてもいいか?」

「だめ、です……ん、ぁっ」

首筋を甘噛みされる気配にびくりとして、夏久さんの肩を押しのけようとする。

「悪い、もうつけた」

そう言った直後に、今度は首筋ではなく鎖骨の辺りを吸い上げられる。

「だめだって言ったのに……んんぅ……っ……」

抗議の意味を込めて夏久さんの肩を叩くと、その手を掴まれた。指を絡められてシーツに縫い留められる。

「ばかって言ったり、人を殴ってきたり、今日の雪乃さんは悪い子だな」

「夏久さんがいけないんですよ」

「俺のなにがそんなにいけないんだ」

頬をつんつんと指でつつかれる。おもしろがられていることにむっとして、ちゃんと不満を伝えようとした。

「き……気持ちいいこと、いっぱいするから……」

頬をつついていた手がぴたりと止まった。恥ずかしくて、見つめてくる夏久さんの目を見返せない。

「そんなにされたら、おかしくなっちゃうじゃないですか……」

「雪乃さんのそういうところは、本当によくないと思うんだ」

夏久さんが体を起こして、ひと息にシャツを脱ぎ捨てる。まぶしいほど引き締まった体が目の前にさらされ、ひくりと喉の奥が鳴った。

「もっとおかしくしてやりたいと思うのが男だろ。わかってるか？」

「し、知らないです」

初めて会った夜にもここまで緊張しなかったのに、どうして夏久さんの一挙一動に動揺させられるのかわからない。

「雪乃さんは？　俺におかしくされたい？」

覆いかぶさってきた夏久さんが耳もとに顔を寄せてきた。魅力的に響く声が耳たぶをくすぐってくる。

「聞かないでください……」

「言ってくれないならやめる」

また意地悪をされているのはわかるけれど、どうすれば逃れられるか思いつかなかった。夏久さんは私をからめとるのがうますぎる。

「どうしてほしい？」

さっきからわざと耳もとでささやくあたり、本当にひどい人だった。その背中に腕を回すしかできなくなってしまう。

「おか、しく……されたい、です……」

顔から火が出る思いで、夏久さんの望む言葉を口に出す。

意地悪な夫は私を見下ろしながら、目を弓なりにしならせた。

「本当にえっちなのは雪乃さんの方だったな」

「言わせたのは夏久さんなのに……」

きっと真っ赤になっているに違いない顔を見られたくなくて、抱きしめながら夏久さんの首に額を押しつけた。

「思ってた以上に興奮するから、もっと恥ずかしいことを言ってもらおうかな」

「だ、だめですからね。もう言いませんから……！」

背中に回していた腕を引っ込めて自分の口を押さえようとすると、手首を掴まれてシーツに縫い留められた。

「だったら、言わせてやるだけだよ」

「ふあ……っ」

自分のものだとは思えない情けない悲鳴が漏れた。けれどそれもすぐ夏久さんのキスに奪われて、そのぬくもりの中に溶けてしまう。

この人の子どもを産んで、母親になったはずだった。だけど夏久さんは簡単に私を母親から恋人に変えてしまう。愛されて甘やかされるのが当然だと、私の心と体に刻み込むせいで。

ぎゅっと夏久さんを抱きしめる。最高の旦那様だからこそ、私もこの人を――父親から恋人にしてあげたかった。

「――大好き」

「俺も同じぐらい愛してる」

すぐに返ってきた愛の言葉は荒い吐息が混ざってひどく熱っぽかった。それがまた私の心を夏久さんに惹きつけて縛ってしまう。

いつもがんばっているご褒美にもらえるのがこんな素敵な時間だと思うと、また次のご褒美までいくらでもがんばれそうだった。

END

特別書き下ろし番外編

エリートパパは一年経ってもママを溺愛したい

私が夏久さんと無事に結ばれ、娘の彩奈を産んでからおよそ一年が経過していた。それだけの時間が経っても、夏久さんの外見に大きな変化はなかった。それどころか、初めて出会った頃に比べてますます素敵になったぐらいである。一方の私は出産を経験したせいもあって、昔より体重が増していた。かなり気にしているけれど、夏久さんはそのぐらい丸くなった方がいいといつも言ってくれる。

予想していた通り、夏久さんは過保護な子煩悩パパとなった。今日も仕事を定時ぴったりに終わらせ、まっすぐ家に帰ってきている。

「こら、彩奈。パパの指を噛むんじゃない」

リビングのソファで彩奈とたわむれる夏久さんが顔をしかめる。といっても、その頬はどうしようもないくらい緩んでいて、娘がかわいすぎてたまらないという心情があまりにもわかりやすい。

彩奈はというと、六か月頃から徐々に生え始めた歯がむずがゆいのか、よく夏久さんの指を噛んでは叱られていた。今もまさにその状況だ。

私もまた、ソファでくつろぎながらふたりの様子を見ていた。

彩奈は一年でずいぶん大きくなった。最近、非常に危なっかしいながらもひとりで歩けるようになり、よたよたとペンギンのように歩く姿を夏久さんが心配そうに追いかけるという姿をよく見かける。

私の見ている前で、彩奈が夏久さんに抱っこされる。小さな手でパパの顔をぺちぺちと叩いたり、前髪をぐしゃぐしゃにしたりと、びっくりするぐらい遠慮がない。

それをちょっとだけいいなと思ってしまったのは、ここ三か月ほど私と夏久さんの間でそういうやり取りがないからだった。

そう、ちょうど昨日の夜も。

＊　＊　＊

寝室に置いてある大きなベッドへ、夏久さんと一緒になだれ込む。覆いかぶさってきた夏久さんに優しく唇をついばまれ、くすくす声をあげてしまった。

そうしてからふたりで、しーっとお互いの唇に指を押しあて合う。

「また彩奈が起きるよ、雪乃さん」

「そうですね。やっと寝たばかりなのに、起こしちゃかわいそうです」

彩奈は寝つきのいい方ではない。だから寝かしつけにも時間がかかるし、ちょっとしたことですぐ起きてしまう。

私たちのベッドから少し離れた位置にベビーベッドがあるといっても、物音を立てればぱっちりと目を開けてしまうのだ。そしてぐずりだし、また寝かしつけるまで一時間も二時間もかける羽目になる。

もう一度、夏久さんが私にキスをした。それだけの触れ合いできゅんと胸が疼いてたまらなくなったのは、こんなに甘酸っぱいキスもずいぶん久しぶりだからだ。

「彩奈はそろそろパパにママを譲るべきだな」

しみじみとささやいた夏久さんが、首筋へ顔を埋めてくる。吐息が肌をかすめてくすぐったい。久しぶりの夏久さんの感触が私の心と体を、ママから妻に変えてくれた。

「ずっと君に触れたかったのに、いつも邪魔する。雪乃さんからも彩奈に言ってくれ」

「そんなことを言われても……」

ん、と小さく声が漏れた。夏久さんが私の鎖骨を軽く吸い上げたせいだ。

くすぐったくて気持ちいい。逃げたくなるような、落ち着かない感情が芽生えるのは出会ったその日にした夜と変わらなかった。そのときと違うのは、あの夜よりも今の方がもっと幸せで、夏久さんを愛しているということ。そして、私は夏久さんも同じ想いを抱いてくれていると知っている。

胸がほわっと温かくなった。もっと、キスが欲しい。

「夏久さん」

次第に荒くなる呼吸に大好きな人の名前をのせる。夏久さんは返事をしてくれないけれど、代わりとでもいうようにまた甘い口づけが落ちた。

衣擦れが響く。寝間着を優しく剥ぎ取られ、夏久さんの前にすべてをさらされる。

一年前に比べれば、本当に体が変わった。腕も足も肉がつき、おなかも悲しくなるくらいやわらかくなっている。

夏久さんには必要以上に触れてほしくないぐらい、この体を嫌だと思っていたけれど、そんな私の気持ちなどおかまいなしに彼は触れてきた。

ちょうどへその辺りにキスがひとつ。あむ、と彩奈がするように噛まれて夏久さんの肩を押しのけようとした。

「噛まないでください……」

「君がかわいいから」

「理由になってないです」

文句を言っても、夏久さんは私へのキスをやめようとしない。

ちゅ、ちゅ、と濡れた音がいくつも響いて私の体に甘い痺れを広げていく。爪先までピリピリと刺激が走って、少しずつ余裕を奪われていった。

「あっ……」

意地悪な手が、私の抵抗をものともせず両足を割り開く。太ももの内側にも吸いつかれ、思わず声が出てしまった。

「……ん、や」

私の声ばかりが暗闇に響いて、咄嗟に口を押さえる。夏久さんもなにか言ってくれればいいのに、そうしてくれないのが恨めしい。

しゃべってほしいと言えば、彼は笑うのだろう。「黙っていた方が、雪乃さんの声をよく聞ける」と。

スッと夏久さんの指が私の太ももから膝へ、骨の形をたしかめるようにして、さらに足先へと伝っていく。到達したあとは、足先から太ももへとまた指が戻ってきた。ぞくぞくするような感触が、ますます私に夏久さんのぬくもりを意識させる。

恥ずかしくてたまらなかった。でも、もっとしてほしかった。

「んぅ」

びくりと体が跳ねる。夏久さんが私の弱点に唇を寄せたせいだ。ふっと息を吐かれただけでも全身が震え、さらなる甘い刺激を期待して熱が高まる。自分でもどうしようもないくらいおなかの奥が熱く疼いていた。

微かな水音が断続的に聞こえる。そのたびに、夏久さんの唇と舌の動きを強く想像させられた。

「ん、ぁ」

声を大きくしてはいけない。彩奈が起きてしまう。

必死にこらえようとしても、夏久さんがそれを許さない。

「や、ぁ……夏久さん……」

息をこぼして名前を呼ぶと、私の足の間に顔を埋めていた夏久さんが体を起こした。

再び私の上へと覆いかぶさり、自身のシャツを脱ぎ捨てる。

一年前よりもっと魅力的になった夫と、生まれたままの姿で見つめ合う。たまらなく愛おしさが込み上げて、その背中に腕を回した。

私のその動きを感じて、夏久さんがふっと微笑む。

「そんなふうにされたら、優しくしてあげられないかもしれないぞ」

「夏久さんはいつだって意地悪じゃないですか」

彼はとても優しくて甘い人だけれど、ベッドの上だとなぜかその一面をどこかへ追いやってしまう。限界を訴える私を翻弄し、荒っぽく責め立てていじめるのだ。乱れた低い声で「君がかわいいせいだ」とささやきながら。

私の文句を聞くと、夏久さんは目を細めた。そうしながら、夏久さんの背中へ回していた私の手を掴み、指を絡めてシーツに縫い留めてくる。

「雪乃さんは俺に意地悪されるのも好きだろ」

笑い交じりの声が私の耳もとに落ちた。とろけるような低音が私の鼓膜をくすぐって、頭の中を溶かそうとしてくる。

「今夜もたくさんいじめないとな」

「い、嫌です」

「もう遅いよ」

私の鎖骨あたりを唇で挟んだ夏久さんが、肌を重ねようと体をすり寄せてくる。待ちわびていたぬくもりを受け入れるため、私も胸を高鳴らせたけれど。

「ふぇ」

小さな声がベビーベッドの方から聞こえた。夏久さんがすぐにハッと顔を上げ、そちらを見る。

どんなに盛り上がっていようと娘を気にかける姿は、父親の鑑と言っていい。

「夏久さん、彩奈が」

「また今日もおあずけか」

心底残念そうに眉を下げ、夏久さんは私の上から降りた。

私も夏久さんと同じか、それ以上にもどかしい思いを抱きながら、さっき脱がされた寝間着を急いで身につける。

「どうしたの、彩奈」

ベビーベッドに向かい、ぐずり始めた彩奈を抱き上げる。とんとんと背中を叩くと、彩奈は私の肩にぎゅうっとしがみついてきた。

「俺が寝かしつけようか？」

同じく服を着た夏久さんが私を見下ろしながら尋ねてくる。

「ううん、明日も仕事じゃないですか」

気遣いはうれしいけれど、夏久さんが寝不足になっては困る。そんな思いで言ったのに、夏久さんはあきれたように苦笑した。

「雪乃さんだって一日中彩奈に拘束されるわけだろ。俺と違って休憩があるわけでもないのに。今夜はちゃんと休んでくれ」

「でも……」

母親なのにのんきに寝てもいいのかと聞き返そうとしたところで、それ以上の反論を許さないとでも言いたげに唇を塞がれた。

びっくりしている私の手から彩奈を取り上げると、夏久さんは額とこめかみにもキスをしてくる。

「君も俺の寝かしつけが必要なのか？」

茶目っ気を見せた言い方に頬が緩んだ。首を横に振って、夏久さんの気遣いに甘えさせてもらう。

「寝かしつけなら、また今度お願いしますね」

「実際、寝かしつけるどころか、朝まで寝かせてあげられなくなりそうだ」

ドキッとした私を残し、夏久さんは彩奈とともに寝室を出ていった。

残されて、自分の頬に手を押しあてる。熱でもあるのかと心配になるぐらい熱い。

今夜も最後まで夏久さんと過ごせなかった。おかげで中途半端に煽られた体がもどかしく疼いて火照る。

本当に朝まで寝かせてもらえなくなるような日がきてほしい。

恥ずかしくて言えない願いを心の奥にしまいこみ、夏久さんのぬくもりと香りが残るベッドの中で丸くなった。

＊　＊　＊

ふう、と自分で吐いたため息に驚いて目を丸くする。ちょうど私を見た夏久さんと目が合った。

「どうした？」

彩奈と遊ぶのを中断し、心配そうに顔を覗き込んでくる。

「あ、いえ。いろいろ考えていただけです」

「いろいろって？」

こうなると夏久さんは私から答えを聞くまで逃がしてくれない。過保護気質なこの人は、自分が安心できると判断するまで、いい意味でも悪い意味でもしつこく追及してくるのだ。

でも、私が考えていたのは昨晩の甘いひとときだ。これを口にするのは——そして言葉の意味をまだそこまでわかっていなそうであっても、起きている彩奈の前で伝えるのは抵抗がある。

顔に書いてあるのだから。

「今は言えないです」

「じゃあ、いつなら言えるんだ」

夏久さんが少し眉をひそめた。私に重大な心配事があるとでも思っているのだろうか。たしかに重大だけど、夏久さんが想像するような内容のものはない。今頃、重い病気が見つかったのか、離婚を考えているのか、などと考えているだろう。だって、顔に書いてあるのだから。

その誤解は解くべきだと判断し、どう伝えるか少し悩んだ。最終的に選んだ言葉を口にする。

「夜にしか言えないです。お昼に話せる内容じゃないので」

「つまり?」

「もう」

察しの悪い夏久さんに痺れを切らし、照れをごまかすように彩奈を抱き寄せた。マシュマロよりもやわらかい頬をむにむにと指でもみながら、顔を伏せて言う。

「昨日の夜、途中までだったなと思って。なのに、彩奈は好きなだけ夏久さんを触るから……」

夏久さんの目がゆっくりと丸くなった。そしてすぐ、うれしそうに細められる。

「へえ、彩奈に嫉妬したわけだ」

「そ、そういうわけじゃ」

「そうだろ?」

うつむいていた私を、夏久さんが楽しそうに覗き込もうとする。いやいやと首を振ると、彩奈も私の真似をした。

夏久さんの方を見られずにいると、不意に腰へ腕を回される。

「悪かったよ。また、ちゃんと伝えられてなかった」

そのまま引っ張られ、彩奈を抱いたまま夏久さんの膝に乗せられた。うしろから、その腕にすっぽりと包み込まれる。

「彩奈には悪いが、俺が一番愛してるのは雪乃さんだよ」

耳たぶを甘くくすぐるささやきが、私の体温を引き上げて胸の奥を震わせる。

振り返ったら、夏久さんがどんな顔で言ってくれたのか確認できるだろう。だけど、その顔を見たら私が我慢できなくなる。彼を好きだと思う気持ちが募りすぎて、自分がなにをしでかすかわからない。

「昨日の続きをしたがってるのが自分だけだと思わないでくれ」

「それは……わかって、ます」

わかっているけれど、わかっていなかった。だから声が途切れて裏返る。

「じゃあ、もう少し我慢できるか？」

諭すように言われ、私を見上げる彩奈をぎゅっと抱きしめながらうなずいた。

そうしてから、ふと引っかかりを覚えて振り返る。

「もう少し？」

私を見つめる夏久さんが、魅力的な笑みを口もとに作ってうなずく。

「そろそろ彩奈がおねむだろ」

見ると、彩奈は大きくあくびをして目を擦っていた。時計を確認すると、いつも眠そうにし始める時間だった。ここでうまく眠ってくれれば、今夜は――。

「彩奈」

低い声が私ではなく彩奈を呼ぶ。私が彩奈をなでていた手の上に、夏久さんも大きな手を重ねた。ふたりの薬指に、キラリと結婚指輪が光る。

彩奈は不思議そうに私と夏久さんを見てから、ふにゃっと笑った。

「昨日みたいにパパを邪魔しないでくれよ」

夏久さんの右手が、眠りを誘うように彩奈をなでる。左手はというと、私のおなかの上をくすぐるように動いていた。

このあとの時間を意識させるような手の感触に、触れられている場所の奥がずくんと疼く。

私がそんな状態だと知っているのかいないのか、夏久さんはふっと笑って言った。

「今夜、パパはママを甘やかしたいんだ。徹底的に」

鼓動が速くなっていくのは、夏久さんの声が耳もとで聞こえているせい。大きな手が服越しに体をなでてくるせい。そして、私も今夜は徹底的に甘やかされたいと思っているせい。

一年が過ぎようと、夏久さんが好きだ。自分でも驚くぐらい好きで好きで、愛という言葉では足りないぐらい愛している。

だから、ちょっとだけ夏久さんを振り返った。私からキスをして、広く温かな胸に寄りかかる。

夏久さんも私にキスのお返しをした。しかも一回ではなく、二回も三回も。

私たちの大事な娘は、そんなパパとママを眠そうな目で見守っていた。

END

あとがき

こんにちは。晴日青と申します。

このたびは『クールな社長は懐妊妻への過保護な愛を貫きたい』をお手に取っていただき、誠にありがとうございます。

今回、紙書籍として小説を出させてもらうのは初めてになります。子どもの頃からずっと、自分の小説が本になったらいいな、と思っていたのですが、たくさんの方のお力添えにより、夢が叶う運びとなりました。

こういう場では真面目に書いた方がいいかなあと、このように書いていますが、簡潔にまとめると「わーい、とてもうれしいですー。ありがとうございますー」です。

ここに来るまで、ゲームシナリオやCD脚本、漫画原作などいろいろ書いてきました。これからもたくさん書くつもりですが、まだまだ学ぶことが多くて目が回りそうです。でも、そんな人生も楽しいなーとのんびりしています。

最後に、改めてお礼を申し上げます。

「身ごもりヒロインはどうでしょう」とお話をくださった担当の井上様。

初めて書くタイプのヒロインさんでしたが、雪乃さんが生まれたのは担当様のおかげです。こうして無事に本が出せてよかったです！　本当にありがとうございます。

編集部の皆様、校正者様。この作品が出版されるまで、多くのお力添えをありがとうございました。あわあわしてばかりの私が、こうしてあとがきを書けているのは皆様のおかげです。

快くイラストを引き受けてくださった小島ちな先生。

以前、お仕事をご一緒してから、紙書籍を出す際は絶対お願いしようと心に誓っていました。本を出す以外の夢がここでもひとつ叶ってとてもうれしいです。

私の中で夏久さんは好きな子を薬漬けにする男なので、「この人、こんなにかっこよくていいんだろうか」と不安になったのは内緒です。

雪乃さんもほんとにかわいいです、ほんとに。たぬき顔最高ですね。

そして、この本を読んでくださった皆様。言葉に尽くせない感謝でいっぱいです。

これからも、もっと読みたいと思っていただけるようがんばります。

あとがきなんて書けないよーと怯えていたのですが、案外埋まるものですね。

またどこかでお会いできますように。

晴日青（はるひあお）

晴日青先生への
ファンレターのあて先

〒104-0031
東京都中央区京橋1-3-1
八重洲口大栄ビル7F
スターツ出版株式会社　書籍編集部　気付

晴日青先生

本書へのご意見をお聞かせください

お買い上げいただき、ありがとうございます。
今後の編集の参考にさせていただきますので、
アンケートにお答えいただければ幸いです。

下記URLまたはQRコードから
アンケートページへお入りください。
https://www.berrys-cafe.jp/static/etc/bb

クールな社長は懐妊妻への過保護な愛を貫きたい

2020年11月10日　初版第1刷発行

著　者　晴日青
©Ao Haruhi 2020

発行人　菊地修一

デザイン　カバー　ナルティス（井上愛理＋稲見麗）
フォーマット　hive & co.,ltd.

校　正　株式会社 鷗来堂

編集協力　佐々木かづ

編　集　井上舞

発行所　スターツ出版株式会社
〒104-0031
東京都中央区京橋1-3-1　八重洲口大栄ビル7F
TEL　出版マーケティンググループ　03-6202-0386
（ご注文等に関するお問い合わせ）
URL　https://starts-pub.jp/

印刷所　大日本印刷株式会社

Printed in Japan

乱丁・落丁などの不良品はお取替えいたします。
上記出版マーケティンググループまでお問い合わせください。
定価はカバーに記載されています。

ISBN 978-4-8137-0994-7　C0193

ベリーズ文庫 2020年11月発売

『クールな社長は懐妊妻への過保護な愛を貫きたい』 晴日青・著

筋金入りの箱入り娘・雪乃は、ある夜出会った資産家の御曹司・夏久に強く惹かれ、初めての夜を捧げる。そして後日まさかの妊娠が発覚!? 資産目当てと誤解した夏久から提案されたのは愛のない結婚だった。けれど始まった新婚生活、彼から向けられる視線は甘く、優しく触れてくる指は熱を孕んでいて…。

ISBN 978-4-8137-0994-7／定価：本体670円＋税

『旦那様、離婚はいつにしましょうか～御曹司と清く正しい契約結婚～』 佐倉伊織・著

彼氏にフラれたOLの里桜は、上司であり御曹司の響と酔った勢いで一夜を共にしてしまう。弱みを握られた里桜は見合いを所望され、響と契約結婚をすることに。互いに干渉しないただの契約関係のはずが、本当の夫婦のように里桜を信頼し、守ってくれる響。深い愛を刻まれ、里桜は次第に心惹かれていき…。

ISBN 978-4-8137-0995-4／定価：本体650円＋税

『体の関係から始まる極上男子の独占欲』 西ナナヲ・著

地味OLと敏腕秘書室長の一夜の過ちから始まる蜜月同居は、クールなはずの彼が独占欲全開で迫ってきて…!? 社長秘書と辣腕弁護士の体だけの大人の関係は思わぬ方向に展開することに…。大都会を舞台に、大人の男女が織りなす極上の恋模様を描く珠玉の2編。恋愛小説の名手・西ナナヲ、待望の傑作選！

ISBN 978-4-8137-0996-1／定価：本体670円＋税

『身ごもったら、エリート外科医の溺愛が始まりました』 未華空央・著

彼氏に浮気された佑杏は、旅行先の沖縄で外科医の晴斗と出会う。傷ついた心を癒やしてくれる彼と一夜を共にしてしまった佑杏。連絡先も告げずその場を去ったが、晴斗の子を身籠ってしまう。一人で産み育てることを決意した矢先、晴斗と偶然再会。「ふたりとも必ず幸せにする」と過保護な溺愛が始まって…。

ISBN 978-4-8137-0997-8／定価：本体650円＋税

『嫁入り前夜、カタブツ御曹司は溺甘に豹変する』 花木きな・著

和菓子職人を目指す花帆は、親の勧めで老舗和菓子屋の御曹司・仁とお見合い結婚することに。無口で感情が読めない仁は女嫌いと噂されており、花帆は不安に思っていた。しかし彼の独占欲を煽ってしまったようで、熱を帯びた情欲的な目で迫られる花帆。初めての快感に思考を奪われる夫婦生活が始まって…。

ISBN 978-4-8137-0998-5／定価：本体660円＋税

ベリーズ文庫 2020年11月発売

『冷徹騎士団長に極秘出産が見つかったら、赤ちゃんごと溺愛されています』　小春（こはる）りん・著

望まない結婚を控える王女リリーは、ある日一人の衛兵と出会い身分を超えて愛し合う。しかし翌日彼は忽然と姿を消した。やがて妊娠が発覚し、リリーは幽閉されてしまう。そこに隣国の冷酷騎士団長が現れ、娘とともにリリーを連れ去って…!?

ISBN 978-4-8137-0999-2／定価：本体660円＋税

『異世界もふもふダンジョンごはん～クールな騎士に一途に愛されて、満腹ライフを堪能中～』　織川（おりかわ）あさぎ・著

前世日本人だった、料理宿の看板娘・エリカ。いつもは勇者たちでにぎわっているが、ここ数日閑古鳥。実は新たに勇者が召喚されて、世の中がざわついているというのだ。おまけに司祭にエリカが襲撃されてしまい…!?　料理長で元騎士のレオとモフモフ神鳥・しーさんと立ち向かうけれど…!?

ISBN 978-4-8137-1000-4／定価：本体650円＋税

ベリーズ文庫 2020年12月発売予定

Now Printing

『鬼機長に独り占めされました』 水守恵蓮（みずもりえれん）・著

大手航空会社のグランドスタッフとして奮闘する遥は、史上最年少のエリートパイロット・久遠のことが大の苦手。厳しい彼から怒られてばかりだったある日、なぜか強引に唇を奪われて…!? 職場仲間からのアプローチに独占欲を募らせた久遠の溺愛猛攻は止まらず、夜毎激しく求められて…。

ISBN 978-4-8137-1012-7／予価600円＋税

Now Printing

『政略的（仮）に溺愛されています。』 春田（はるた）モカ・著

老舗和菓子屋の娘・凛子は、経営難に陥ったお店を救うため大手財閥の御曹司・高臣とお見合い結婚することに。高臣は「これはただの政略結婚」と言い放ち、恋愛経験のない凛子は喜んでそれを受け入れる。冷めきった新婚生活が始まる…はずが、高臣は凛子を宝物のように大切に扱い、甘く溺愛してきて…!?

ISBN 978-4-8137-1013-4／予価600円＋税

Now Printing

『予想外の妊娠ですが、なんとしても隠し通そうと思います。』 きたみまゆ・著

真面目が取り柄の秘書OL・香澄は、密かに想いを寄せていた社長の柊人とひょんなことから一夜を共にしてしまう。一度の過ちと忘れようとするが、やがて妊娠が発覚！　隠し通そうとするも、真実を知った柊人からまさかの溺愛攻勢が始まる。一途に尽くしてくれる柊人に、香澄は想いが抑えきれなくなり…。

ISBN 978-4-8137-1014-1／予価600円＋税

Now Printing

『タイトル未定』 若菜（わかな）モモ・著

ウブな令嬢の美月は、大手百貨店の御曹司・朔也に求婚され、花嫁修業に勤しんでいた。しかし、ある出来事によって幸せな日常が一変。朔也に迷惑をかけまいと何も告げずに逃亡するが、その先で妊娠が発覚する。内緒で出産し、子どもと暮らていたが、そこに朔也が現れ、過保護に愛される日々が始まって…。

ISBN 978-4-8137-1015-8／予価600円＋税

Now Printing

『この愛に溺れてはならない～カラダで結ばれた花嫁～』 伊月（いづき）ジュイ・著

OLの清良は、友人の身代わりで参加していたオペラ観劇の場で倒れたところを、城ケ崎財閥の若き社長・総司に助けられる。そこで総司にある弱みを握られた清良は、総司と契約結婚することに。形だけの妻のはずなのに、初夜から抱かれて戸惑う清良。身体を重ねるたびに総司の魅力に心を乱されて…。

ISBN 978-4-8137-1016-5／予価600円＋税

タイトル、価格等は変更になることがございますのでご了承ください。